中国短经典

张炜 著

钻玉米地

人民文学出版社

图书在版编目(CIP)数据

钻玉米地/张炜著. —北京：人民文学出版社，
2020(2021.1 重印)
（中国短经典）
ISBN 978-7-02-015713-6

Ⅰ.①钻⋯　Ⅱ.①张⋯　Ⅲ.①短篇小说-小说集-中
国-当代　Ⅳ.①I247.7

中国版本图书馆 CIP 数据核字(2019)第 188936 号

责任编辑　甘　慧　杜玉花
装帧设计　高静芳
封面绘画　晚　门

出版发行　人民文学出版社
社　　址　北京市朝内大街 166 号
邮政编码　100705
网　　址　http://www.rw-cn.com

印　　刷　山东德州新华印务有限责任公司
经　　销　全国新华书店等

字　　数　140 千字
开　　本　889 毫米×1194 毫米　1/32
印　　张　7.75
版　　次　2020 年 5 月北京第 1 版
印　　次　2021 年 1 月第 2 次印刷

书　　号　978-7-02-015713-6
定　　价　45.00 元

如有印装质量问题,请与本社图书销售中心调换。电话:010－65233595

目录

钻玉米地

无边无际的大玉米地里有什么？肥壮的玉米棵遮天蔽日，一片连着一片。无数的刺猬、兔子、黄狼、草獾，还有狐狸，都从里面跑出来。各种鸟雀一群群钻进钻出，喧闹着。你站在玉米地边，可以听见十分古怪的声音，有咳，有笑，有呼呼的喘息。

　　该进玉米地里看看去，看看究竟有些什么？人的一辈子不钻到玉米地里去几次，那可太亏太亏了。钻玉米地啊！

　　我们钻进玉米地，就像刮了一阵风。呼啦啦，玉米棵儿一溜儿摇动，叶子乱舞，大玉米穗子乱晃悠。我们尽量不把玉米棵子碰折，而是侧着身子，沿地垄往里跑。跑得越深，天色越暗，大玉米地深处黑乎乎的，远离村庄和学校。地的当心是谁也不曾去过的一个世界呀，是冒险的人才会得到的一个好地方。

男的有两个人结伴就敢钻到地当心；女的要有一群才敢往深处钻。她们什么都怕，怕野物也怕人。如果有不认识的人从玉米棵里钻出一个头来，她们就吓得呀一声跑开了。玉米叶子扫在她们的脸上、手上，扫出了小小的血口子。尽管这样她们还是要来。因为这玉米地里有馋人的好东西。

　　如果趁月亮天里钻进去，那就更来劲了。月亮天玉米棵里奇怪极了，各种声音响个不停，从声音里你就可以明白，这里面的东西和故事多了。一个人只要有胆量，就能找到他需要的一切。你想想看，玉米地这么大，什么东西没有呢？

　　小村里的人聪明得很，他们守着庄稼地过了一辈子，可知道土地的脾性：能滋生各种东西，也能招引来各种东西，更能埋藏下各种东西。比如人吧，最后还不是要入土？所以你缺了什么不用愁，只管跟土地要去。

　　秋天到了，玉米棵子连成大海大林，这不是个好机会吗？

　　小孩子们嘴馋，嚷着要吃瓜。哪里有钱去买？自己去找吧！他们呼啦啦钻进玉米地里，伸手扒拉开玉米叶儿，小鼻子不停地吸气儿，专门冲着香气去。一大片土地上藏下的瓜儿可多极了，你得用心找才行。终于找着了，一个金黄金黄的小瓜，像大鸭蛋似的，香得都不好意思吃。还有黄瓜、西红柿，它们的气味都比菜园里的好。瓜儿偷偷生在暗处，找它们的人在明处；它们不吭声。可它们有气味——于是它们就设法儿掩盖自己的气味。你可以看见它们的旁边有一株野花，花朵放出刺鼻的怪味儿。这就是瓜儿的诡计。它们设法让别的气味蒙骗人们。

小炕理进玉米地里找瓜。他很想找一个西瓜。西瓜不易找，因为西瓜没有什么气味，而且容易和青草长在一起，你看不见。玉米地里的各种花草很多，多得叫不上名字来。什么野菠菜、野蒜、酸菜、三棱草……谁也数不清。有时你看见一片黄花，有时你看见一片红花。

小炕理胆子很大，他敢于一个人钻进钻出。他在地里像个野猪一样，呼噜呼噜喘着拱着，不知寻到了多少好东西。他随身有个大口袋，吃不了的瓜就装进去。他找到的大南瓜有十几斤重，全家用它熬甜饭喝。他还找到了野葫芦，做了一个挺好的水瓢。

小炕理的奶奶喜欢养猫，可是那时候猫很缺，要弄一只猫可不容易。自从老猫没了以后，炕理奶奶就想它。老人爱猫就像爱孩子差不多，整天说："我的猫呀！我的猫呀！"炕理说："奶奶，我设法到玉米地里找一只去！"奶奶说："胡诌！地里什么都有呀？"小炕理就弄了一个暗扣绳下在地里，又设法把一只小麻雀放在机关上。

两天过去了，暗扣儿套住了其他野物，就是没有套住猫。

小炕理并不灰心，他坚持了十几天。有一天他正在地里打瞌睡，突然有喵喵的叫声，一声比一声凄厉。他一下跳了起来，跑近了一看，见套住了一只长爪儿黑白花小猫。小猫野性十足，一看就知道是在野地里生活久了的东西。它胡乱蹬人，咬人，大嘶大叫。小炕理不得不揍了它一顿，绑上，带回了家来。

开始几天不喂它，硬饿硬饿；后来眼看它饿得站不起来了，才由老奶奶喂一点点东西。但是始终都未敢松了绳子，一直捆在桌子腿上。小猫一直处在饥饿状态，也一直由奶奶喂它。到后来它终于死也不肯离开老人了，温顺得很，老人可以一天到晚抱着它。

它长得很快，一年多的时间，它像个小老虎一样。谁见了都夸这是一只好猫，是猫中之王。

这只猫捉鼠很多，还能捉到麻雀、乌鸦、喜鹊，甚至能捉到大鹰。这是一只攻无不克的猫。

可惜炕理奶奶死后第二年，这只猫误食了死鼠，被鼠肚里的毒药毒死了。

炕理的父亲是个勤劳的人，整天劳动，喂猪喂鸡喂鸭。可是家里很穷。一头猪喂肥了卖掉，还舍不得钱买小猪。

也许是炕理找猫的经历启发了他，他有一段时间整天想到玉米地里去。那里面肯定有，因为人们经常抱怨庄稼被猪拱坏了。看来没有主人的猪会有的，至于它们究竟来自哪里，谁也不想去问。田野这么辽阔，里面什么都会有，这本来就是不成问题的。不过弄猪要有耐心，不能太急。炕理爸起了心就收不住，没事就往地里跑。他准备了一个捕鸟网，如果发现有了目标，就会架了网，然后从一个方向轰赶。

猪毕竟是猪，并不那么容易得到。一个多月过去了，炕理爸仍未如愿。可是他非常注意地上的印痕，不止一次发现有被猪拱过的痕迹。有一天他在玉米地里听到了呼呼大喘的声音，摸索着凑近了，真的看到了一头油亮亮的小猪。多么好的小猪，小猪嘴儿也油黑发亮。他笑得脸上开了花，一时倒忘了怎么去逮它。他认为它差不多已经是自己的了。他这样想着往前摸爬了一段，眼看就要揪到那可爱的小猪腿了。他猛一伸手，小猪猛一下跑了，发出"咕咕咕"一溜惊喘，没了影子。

他的确感到了小猪的热乎乎的皮肤。可是这次机会就这样失去了。不过他心里更加坚定了，认定玉米地里可以捉到他所需要的东西哩！他更加起劲地到地里来，一早一晚，只要是不出工，总会钻进去，一边拔草，一边寻找。

大约又过去了十几天，他终于发现了它。

这一次他总结了教训，先张网，然后小心地移近，一切都做得没法再谨慎了。当然，最后他是捉到了。小猪没命地喊叫，他拍打它，亲它，说："别哭了别哭了，有个家就比没有家强——咱回家去哩！"他差不多是把小猪一口气抱回去的，并从此开始了精心喂养。

这只野地里捉来的小猪长得很好。由于它的身架儿毛色及各方面都让人满意，所以最后没有舍得阉成肥猪，而是喂成了一头不错的种猪。

土成是个懒汉，没有媳妇。他熬到了三十多岁，还是没有。土成焦急得很，动不动就发火，有时连村里的领导也骂。他脸色发黄，不愿洗澡，身上灰尘很多。这样越发没有姑娘跟他了，连跟他说话的都不多。土成说："一个一个都长得有限。"那意思是他还看不上她们呢。大家都说土成的事要麻烦。

他自己不往好的地方发展，而是顺着劲儿走下坡路，做了一些不太光彩的事。比如说他常趴在别人家的后窗看一会儿；还偷过鸡。总之他的名声越来越坏。他刚刚三十来岁，就学着老年人的样子，装成有气无力的模样，还故意不系腰带，而是在裤腰那儿挽个疙瘩。

一个青年丢失了青春的气息，也就根本不可爱了。看来他也不准备再娶媳妇了。因为他甚至发展到这样的程度：一连几天不洗脸。他脸上的黑灰十分明显，鼻子两侧已经有硬币那么厚。平常他的生活很单调，除了下地干点活，再就是随便躺一会儿。走到哪儿躺哪儿，街头巷尾，树底下，草垛跟。他躺下就不愿意动，也不睡，只是打瞌睡，眯着眼想事。他想了些什么谁也不知道。开始有人以为他长了什么病，后来也就习惯了。

土成的个子很高，身材比较细，比较柔软，像是个没有骨头的人。他什么都吃，不讲卫生，有时吃得肚子滚圆，有时饿得直不起腰。他偷了好吃的东西，拢把草就烧起来。有时候他一个人坐在大树底下，坐着坐着就哎哟起来，像肚子疼似的。

"你肚子疼吗?"有人这样问他。他谁也不理,只是哎哟,发出一连串奇怪的声音。他那时的眼睛眯着,有时突然睁大了,里面有一汪泪。

后来有人明白了,说土成伤心。

土成说谁家姑娘如果给他当媳妇,他抱着就跑。往哪儿跑?往家跑。他说不让她干活,只让她吃好的,喂她白面馒头和咸鱼什么的。大伙都说土成原来是个好人。

虽然这样说,他还是一个人过日子。

也不知从什么时候开始,他常常去玉米地里了。有时一整天在里面瞎蹿,误了出工干活。他打个什么谱,慢慢大家都明白了。他是想在里面找个媳妇也说不定呢。不过媳妇毕竟不是西瓜蘑菇之类,也不是一般的野物,要找到不易啊!

当然,姑娘们有不少进玉米地的,她们进去摘野果啦,拔野菜啦,玩啦,解手啦。不过她们可不会找土成。她们一般都不喜欢他。她们只有一点坚信不疑:土成还算老实,不会对她们动手动脚。

土成趴在玉米地最深处,一躺就是一天。饿了,他扒开玉米皮,啃一个嫩玉米穗子;真的困了,就睡一会儿。刺猬、黄鼠狼都不太怕他,有时就从他身边走过。他还伸手捏过它们的小脚丫。

一个秋天快要过去的时候,土成创造了个奇迹。

那是一个黄昏,他走出了玉米地,后面还跟着一个头发黄黄、瘦瘦薄薄的姑娘。姑娘除了两眼有光，周身都是黯淡的。她大约有十八九岁，步子很小，像是害怕什么。问她多大了？她说二十五了。看来她发育不好，看上去还不够成熟。土成找到村里领导，问跟她成家行不行？领导说当然行了。

原来姑娘是南方穷地方下来的，秋天蹿到庄稼地里，走哪儿算哪儿。她有一天在玉米地里，见一条长虫爬近了睡着的土成，就替他赶开。他醒了，正做梦，一睁眼就把她抱住了。土成那会儿不像个安分人，他们打打闹闹就熟了。不过姑娘第一天并未跟他走出来，而是一个人留在地里过夜。土成回了家，半夜睡不着，就揣了几个玉米饼，抱着席子被子钻进玉米地里。地里有月光儿，他找到了她，把东西放下，说了三五句话，就回来了。

土成那些日子差不多都是在玉米地里。那里面藏下了她这个人，谁也不知道。一连多少天过去了，他终于把姑娘领回家了。

后来那个黄瘦姑娘渐渐胖了，像模像样了，还生了两个小孩儿。土成也讲究起来，不仅按时洗脸，过节时还要穿袜子，冬天戴护耳套。

锅头老叔的儿子比土成还要大五六岁，难坏了老叔。他名字叫"小就"，长了副很奇怪的样子，主要是粗矮异常，不过身体十分强壮。他口吃，但是憨厚，最爱帮大娘大婶干活儿。她们走在路上，扛着东西，只要小就看见了，一定要替下她们来。"小就娶不上媳妇，冤！"她们都这么说。可是她们谁也不把自己的女儿嫁过去。锅头老叔有时很粗野地骂她们，街上的小孩子渐渐也学会了这么骂。老叔带坏了村风。

土成的婚事大大启发了锅头老叔。他催促儿子，说连土成都不如，那可就白活了。儿子不愿到玉米地里去，再三劝导才跑进去了几次，可是并不深入。老叔说："你得往深里走，见了女的多说话，一遭不行两遭！"

小就几乎没有机会同姑娘们说话。姑娘们在玉米地里见了他，老远就跑。因为都知道他在这儿干什么，她们害怕。其实小就是个老实人，在玉米地里主要是拔草，拔了一大捆又一大捆。

仅有的一次说话，是同一个采野菜的老太婆。老太婆坐在玉米棵下，数叨了半天她男人在世时的"好处"，一把鼻涕一把眼泪，小就不由得跟着哭起来。后来老太婆拍拍身上的土末子走了，又剩下了他一个人。

锅头老叔带上一口袋上好的烟末去了玉米地。他慢慢地吸烟，捎带做点活计，安心地等待机会。他要亲手给儿子找个媳妇。他不信没有机会。

玉米地里好热闹啊，有时真有不少姑娘钻进来呢。不过她们大半是年纪轻轻的本村人，主动过来逗锅头老叔。老叔说："你们懂什么才是好？"她们都说："俺不懂。"老叔又说："矮壮矮壮，不矮能壮？庄稼日子讲个身子结实，又不是天天板着脸看。"姑娘们哈哈大笑，拍着手，跺着脚，呼啦呼啦跑出了玉米地。

庄稼快熟了的时候，有外地人顺着大路流过来。他们都是些吃百家饭的人，夜间就在沟渠里、庄稼地里过夜。其中有男有女，有老有少，都是些吃了上顿不愁下顿、到了秋天高兴得直打滚的人。

老叔就想打他们的主意。他对他们当中的女人们说："人这一辈子，走到哪里才是一站？不如见好就收，找个窝儿趴下。"女人说："瞧你老人家说的，谁家没有个人等着？俺人穷志不短哪！"老叔无话可说了。有的女人还没有男人，不过她们也不愿留下，只说："俺不服水土，胸口憋得慌！"

一个秋天过去了，锅头老叔没有留下一个女人。不过他仍不灰心。他知道这是一生一世的大事情，哪能那么简单？

第二年秋天又来了，玉米一节一节往上蹿。"快长快长，疯长吧！"老叔在心里喊着。玉米林子形成的时候，老人又在地里来来去去了。他想大闺女家一个人钻到玉米地里，大半都是些有心事的人，也是些泼辣人。再也没有比到玉米地里找媳妇更聪明的办法了。他想到这些，愈发佩服光棍汉土成。

深秋到了。那些外地人又来了。这一年上，锅头老叔一口气抱住了好几个偷玉米的外地女人。她们都不在乎，还嘻嘻笑。老叔说："吃人的嘴短，拿人的手短。想不想留下来过日子？"女人说不中不中。她们当中有人愿意留下来过上一个冬天，可一直留下来，那可不行。

住一个冬天，那也不错啊！那就是说，儿子可以在一个冬天里有他的媳妇了！老叔于是赶紧把那个女人领回了家去。

小就见了领回的女人就跑，老叔喝了两声没喝住，就抄起了一根扁担。儿子这才站住。他把儿子和女人关到了一个屋里，当时村里没有一个人知道。

十天半月过去了，那个女人又白又胖，眼神里全是光亮，说这里人到底比那里人好一些，吃得也实在。冬天过得真快啊，一晃天要暖了。小就夜里搂着媳妇哭，说活活分离啊，还不如死了好。老叔跟女人商量说："续下去中不？"女人想了想说："不中。"

不过她要再多住些日子。她说要报答报答这户人家。

这一住又住了一个月。女人忽然在一天早晨蹦到院子里，大骂了一句粗话，高喊："我不走了！"

一家子搂着笑了好久，小就真的有了长久的媳妇了。小就说："俺要不好好过日子，让俺死。"

后来小就的媳妇生了两个儿子，她又勤俭又孝顺，待男人好，待公爹也好。她在锅头老叔最后那几年里，还亲手为他洗澡、翻身、挠痒痒。

小村里的年轻人个个都能闹腾。他们吃饱了饭，干活时又花不尽力气，就想打一架。不过大家都知道打架是怎么一回事，很少一口气把别人打坏。打架打得恰到好处，一个一个脸上通红，喘呼呼的，身上一层小汗珠儿，这就算不错了。

大白天打架不太好，因为在街道上、巷子里，什么都看得清清楚楚，不像那么回事。最好是在晚上，更好是再有点月亮。大伙儿分成一帮一帮，呼喊着，揪住一个对头狠狠揍。这叫打群架。有时候一场大架打到天亮，打得满头是灰、是抓挠的印痕。这样的打法最让上年纪的人愤恨。他们说："吵得人睡不沉！"他们希望年轻人留住力气干活。

姑娘们也参与了打架，她们与小伙子摔跤，一下一下让小伙子摔倒，高兴得哈哈笑。"哎呀你这个驴玩意儿，真有劲，真有劲儿！"她们力图将男的摔倒，有时也真能摔倒。小伙子压住了姑娘，呼天喊地大叫，说再敢不敢了？姑娘们大声嚷："不敢了不敢了！"

一帮一帮人在街上跑来跑去，狗汪汪大叫。老人们在窗子前面大骂，骂得越来越难听。

年轻人跑着，追着，一头钻进了大玉米地里。这下子好了，谁也管不着了。他们小心地侧着身子在地垄里跑，唯恐碰坏了庄稼。这时候主要是藏，是找，是一下子把对方扑倒。对方为了不压坏玉米，也倒得利索。他们哈哈大笑，在玉米地里蹿来蹿去。一地的野物都给惊起来了，它们尖声大叫，有的一蹦老高，有的飞到了天上。大鸟本来在玉米棵里睡得很美，突然被惊动了就有些火，它一下一下啄人的头发。狗最后也跟来了，它们首先在玉米地垄间追赶野物，来来往往十分繁忙。主人吹一声口哨，它们就回到各自主人身边。主人跟别人动手，它们就帮主人撕扯别人的裤子，有时一口气把对方的裤子扯下来。

如果这种打架一直局限在本村的范围内就好了！可惜在玉米地里常常遇见跑出来的外村青年。由于彼此陌生，往往就不太友好，一旦吵起来，就成了一村对另一村。他们打得认真又专注，下手也厉害。有时一夜就能打伤几个人。有时这一夜吃了亏，下一夜就要设法补回来。大伙儿从四面包抄过去，一点一点围，尽量把对方困在玉米地中央——只等一声呼喊，大伙儿一齐蹿起。

尽管这样的打斗太冒险了，但打得还是很来劲儿。没有人害怕，没有人躲闪。到了晚上，领头的一点名，一个一个应声。如果谁不出来，领头的和大伙儿一块骂他。人齐了，就往玉米地里跑。那里又宽大又看不透，又有人又有野物，打起仗来可有意思了！

到了收玉米时，只要有碰折倒地的玉米秸子，人们就说："打夜仗的碰的！"

姑娘们性格不同。有的什么也不怕，即便跟外村人打架也敢跟上；有的只能与本村青年一块儿打闹。不过她们一般都听小伙子的。她们一般都在暗暗保护一个人；也有的要保护两三个人：一个喜欢的小伙子，另外就是哥哥和弟弟。她们衣兜里装了好吃的东西，比如枣子和苹果、桃子，还有巴掌大、指顶大的硬面饼。

玉米地里比赛说粗话最好玩。这种话平时谁也不说，因为年纪大的人听见了就呵斥，甚至抡起巴掌打人。他们都是在特定场合才说。特别是配合着打架说粗话，最有意思了。用粗话骂人，骂得再狠也不准恼。如果与外村人打架，打到一定的时候，就主要是说粗话比赛了。那些五花八门的粗话像排炮一样冲腾而出，把对方压得抬不起头来。有时一个响亮的大嗓门负责喊，一边就有几个人为他准备粗话，小声编出来。姑娘们也跟着编，她们编粗话编得热火朝天，已经忘记了害羞。

只有在平静的时候，姑娘们回忆起晚上说的话，才或多或少有点不好意思。"咱把他们骂成了什么？真解气！真解气！"她们往往这样说。

年轻人如果不时时找点仗打，就不太舒服，就要出别的毛病。打仗像抽烟，不抽不好，抽得太多了也不好。最好是抽抽歇歇，歇歇抽抽。如果没有玉米地遮着人眼，打仗就成了胡闹腾，就没有了偷偷摸摸的滋味儿。

一些村里人闲了没事，都愿意到玉米地里去。去干点什么——拔草寻瓜儿，或者是逮野物，只要手里有点活儿就行。玉米地里反而比街巷上、比家里热闹。庄稼人除了干活儿，一年到头有个什么光景看？电影一年里演不了几回，唱戏的差不多等于没有。大伙儿蹲在地里拉个呱儿，说点家长里短，消愁解闷儿，正经不错呢。有了心事，一个人愁也愁死，一伙儿说说，愁事就消了。如果遇上个对脾气的，两人面对面，四周没有人，说上一会儿，多么好！

七姑这个人热闹了一辈子，她一刻也寂寞不得。冬天里，闲人多，她上了谁家炕头，就说上一天热闹话。春天里老年人在街上晒太阳，她就伴他们晒，主要是寻个工夫说说话，扯些天南地北的事。她愿帮眼神昏花的老年人捉虱子，一口气能捉好几个人。她是老头老婆婆们的知心人。大伙儿都说："没有七姑，这个小村就白瞎白瞎！"七姑人缘好，谁家有了红白喜事，都少不了她。特别是喜事，都要喊她来；如果不喊，她就自己来。她说自己就是愿意吃好饭，愿意看不足月的小孩儿笑和哭。

秋天里忙，人们都下地去了。七姑早就不出工了，她一个人在村里与老年人玩，久了也闷得慌。有一次她偶尔去玉米地找一种草药，遇上了几个年轻人蹲在里面，就一块儿蹲了一会儿。真热闹啊，年轻人真能说能逗，高兴了还爬起来蹿一阵。他们给七姑起外号，问她一些稀奇事儿，她都不恼。"只要热闹就行，俺反正这么大年纪了。"有个小伙子给她取了个外号，叫"大肚蝈蝈"。她指着肚子说："俺这是有福哩，俺这肚儿什么都盛过，猪头，活鲜活鲜的大刀鱼，无花果儿，咱都吃过。"

"净说些馋人的东西，七姑好不好闭上嘴呀？"小伙子们嚷着。七姑拍着手："你们年轻，吃好东西的日子在后头。人一辈子说不准碰上什么好事儿——就像在这大玉米地里蹲，日子久了什么碰不上？"

"七姑说得真对呀！""七姑有经验！""七姑年轻时候也到玉米地里玩吗？"

七姑沉沉脸说："也来玉米地。不过那会儿七姑可不是如今的七姑。""怎么？""怎么？俊呗！你一活动脚就有十个八个盯着你，还保得住？一年秋天俺去玉米地摘个瓜儿，刚刚一会儿的工夫，得了，让赶车的麻脸老五瞅准了，一个饿虎扑食过来……好心不得好报啊！"

大伙儿笑起来。都说七姑是个好人，从来不记恨人，事情过去也就过去了。一个村住着，谁听见她骂过麻脸老五？七姑点点头："过日子，谁没有个三长两短？人不能得理不让人哪。一个村住着，低头不见抬头见，拉家带口的，谁也不容易啊！是吧是吧！"

"俺就一样喜好：热闹。只要是热闹地方就有俺。"七姑接上说，"年轻时候合作社来村里招干部，相中了俺。俺问：'社里热闹不热闹？'他们说也谈不上热闹，反正是干工作呗。我一听就摇手，说把俺留在村里吧，俺还没跟老少爷们玩耍够哩！"

年轻人说："七姑，你这样性情的人没有愁事，寿限大啊——老年人都这么说。"七姑又点头又摇头："离了热闹不行。有了热闹就好，反正是这样。"

由于玉米地里有年轻人说笑打闹，所以后来七姑就经常往地里钻。有人看见了说："这么大岁数了，好家伙！"她和年轻人在一块儿，又说又笑地快活，有时也干一些力所不及的事情。年轻人玩"骑大马"——几个人弓腰搂抱着，让另外几个人往上跳——她也跳，结果一下子从马背上栽下来，下巴上磕了个大口子。好在她这个人乐观，血迹还没干就哈哈笑起来。

老孙头性情孤独。他从年轻时就喜欢一个人独处，默默吸烟。本来是安安静静的地方，他坐一会儿还是嫌吵。他简直是全国最能抽烟的人，一杆大烟锅时刻不离。他一边抽烟一边拧艾草火绳，一口气能拧一大捆子。火绳平时就放在院门上面的搁板上，积成一座小山。谁进他家，一眼望到的首先就是火绳。

他手拿火绳，嘴里咬着烟锅，找个没人的地方去打发时光。七十岁的人了，剩下的时光尽管不多，可也足够他打发一阵子的了。人说话、狗吠猪哼，他都受不了。老孙头整天为寻找一块安静地方发愁。他的老伴一天说不上三五句话，可他还是埋怨："吵死我！吵死我！"他听见唰唰啦啦的脚步声也受不了。

"老孙头肯定在琢磨事儿。"村里人这么说。"人一辈子要琢磨好多事儿，这是肯定的。不过老孙头琢磨的时光可不短了。"

老人的眼珠盯住眼前的一片泥土，长时间不会移动。他缓缓吸烟。火绳在一边冒烟，烟笔直地往上。

有时他一个人微笑。不过大多数时间他是紧紧绷着脸的。他如果要说话了，会主动找人；他如果坐在那儿，最好还是不要打扰。有人试着搭讪过，结果老人差点扔了烟锅。

　　人如果沉默了并且又丝毫不寻思事情，那是绝对不可能的。不过老孙头成天琢磨了些什么事情？这太让人纳闷了。有一天村领导小心地绕开他往前走去，他却看见了，轻轻招手示意村领导过来。村领导比老人小十几岁，也算个老人了。他赶紧走过去，哈着腰站着。老孙头抽着烟，头也不抬。停了片刻他说道：

　　"五八年秋天那匹栗皮马不是让人毒死的，它是自己病死的。"

　　村领导闭上眼，用手敲打着自己的头，还是想不起。他想啊想啊，还要想下去，可老人已经挥手让他离去了。

　　"原来他在想这样一些事情，嗯。"从此他觉得老人的孤单是非常重要的事了，告诉村里人，谁也不要去扰乱他。"老人琢磨大事哩！"他这样说。

　　有一次老伴蹑手蹑脚从老头子身边走过，听见哼了一声，赶紧站住了。老孙头磕了磕烟锅，抬头看看她说：

　　"娶了你第二年春回娘家，你爹骂我那句话好狠。"

　　老伴记不起了。"骂了什么？骂了什么？"她揪着衣襟问。老孙头挥挥手，她于是走开了。

　　老孙头在哪里待一会儿，哪里就有一堆烟灰。他的烟吸得越来越猛了。这让人感到他正琢磨更琐碎更深入的事情。也可能是年龄的关系，他越来越不能与人同处了，在家里几乎不能安乐。到后来他终于走出村去，一直走向田野，走到大玉米地里去。大伙儿都躲开他，让他一人向玉米地深处钻去。那里的野物也好像不跳不叫了，只让老孙头一个人坐下来吸烟。

多么好的庄稼地，大绿叶儿一串一串，都在老孙头眼前闪跳。他这一辈子都是看着庄稼的，每片叶子都让他安恬。老孙头像来到真正的家，身心都松下来。玉米缨的气味，泥土的气味，青草的气味，什么都混到了一起，涌进他肺里。这气味养人哩。他舒服得躺下来，觉得泥土热乎乎软绵绵，比自家的大炕好上十倍。地里有各种细碎的声音，有人在远处呼叫——这一切声响一点也不吵人。好哩，好哩，大玉米地才是俺的老窝儿！老孙头透过玉米叶儿，一眼望穿了好几十年！陈谷子烂芝麻，什么都记起来了。死了十几年的驴也昂昂大叫，故去的老人们也凑过来拉呱儿。这回不是老孙头去想往事，而是往事来找老孙头了！你说怪不怪？怪不怪？

村里人只要一看见老孙头手提火绳往前匆匆走过，都知道他是去钻玉米地的。"老家伙又进去了！"大伙儿都这么说。

一个庄稼人最恋着的是什么？一开始没人知道，后来大家才一点点弄明白。他们恋着庄稼地，而不是老婆孩子，也不是热乎乎的炕头。

小古妈妈东跑西颠地讲叙这个理儿，她说她算开了窍了。

她是个小脚女人，个头一点点，眉眼好看。上年纪的人都记得她年轻时候的模样。男人早死了，小古妈妈不嫁人也不乱跑，安安静静守着小古过日子。可是她越来越想自己的男人，想小古爹。她做梦做他，说话说他，天天把他挂在嘴边。"过年过节孩子他爹也不来家！"她埋怨。有人听了就说："你老糊涂了，人死如灯灭，怎么还能回来？"

小古妈妈腿脚还算灵便，只是神态已经不清了。小古常常逗妈妈玩，听她说一些驴唇不对马嘴的怪话。小古笑得嘎嘎响。村上人都说小古这孩子不孝。

老太婆走走街坊，跟大伙一块儿乐乐。七姑喜好热闹，就长时间地陪伴她。后来七姑建议小古妈妈不要闷在村里，说这样长了会生出毛病，不如到田里走走。那时正是秋天，是玉米棵茂盛的时候。小古妈妈提个篮子钻进去，随便拔点野菜，累了就安静地坐一会儿。她觉得无边无际的大玉米地里有一万种声息，细碎而且渺远，在远处，好像有个男人在深长地喘息。

"小古爹！小古爹！"她呼叫着。

然后是倾听。有他的声音吗？似乎他在很遥远的地方哩。"你呀，你不来家，你在玉米棵子里胡闹腾。我可知道你脾性呀，你不是安分的人。你在那里蹲了一会儿，看看，又站起来了，哎呀，还笑，笑什么？你不想我，也不想孩儿？你说说，啧啧啧啧！"

小古妈妈拍打着膝盖，数叨着，又惊喜又绝望。

"你走了多少年了？闯关东也有个回家的时候嘛，谁知你一口气跑了哪去？早不回来晚不回来，到了快收玉米的时候就往回跑。我知道你是馋个秋天，馋又大又香的玉米棒子！"

小古妈妈笑哈哈地拍手："俺这回可看见你了，你在玉米地里钻来钻去，这回可瞒不过俺的眼去！我知道，你出门回来都是先看看庄稼，这样心里才踏实。你这回看明白了吗？一地好玉米，绿油油黑乌乌，大棒子比小孩儿胳膊还粗……"

她数叨一会儿坐下来，闭着眼，一脸的皱纹飞快地活动。她这样说着，笑着，走着，一直忙到天黑，这才恋恋不舍地往村里走去。

有人亲眼见到她在玉米地里干什么，回村里对人说："小古妈妈痴了。"七姑反驳说："谁的事情谁自己心里有数。她或许真的看到了男人呢。"有人大笑："玉米地里还能没有男人？""我是说她自己的男人！自己的男人自己看得见……"

七姑的话让人将信将疑。都知道小古妈妈和小古爹在玉米地里会面。他们两个人都返老还童了，那么大年纪还在地垄里追着玩，互相下绊子。小古妈妈一个绊子被绊倒，全身是土，爬起来还是跑。她嘴里嚷："小古爹，你这个老不正经，我叫你野跑！我叫你给我下绊子！"

玉米地的另一面是什么？走不到边，走不到边！多少老人小孩儿，这里可是个热闹地方。他们都在干自己愿干的事儿，别人看不见也抓不着。小古妈妈有一回真的抓住男人的衣襟了，一张两臂抱住了他，大叫："小古爹，坐下坐下，两口子拉拉知心呱儿……"小古爹一脸胡子比针还硬，老皮老肉也刺得疼。小古爹是个有劲的男人，一伸手指把她捏住，鼻子吭吭喷气。"两口儿没有不说的话！"他粗粗的嗓门说。"哎呀，这么多年不见了，你还喝酒，喝起来没头，你是个酒鬼啊！"小古妈妈笑着叫着。

多么好的大玉米地啊！庄稼人没白没黑地干活，从播种到施肥浇水，费了多大劲儿才弄出这么大一片。它还能不好吗？庄稼人流血流汗侍弄大玉米地，大玉米地也得保佑咱庄稼人，事情都是有来有往嘛！

一个人只要耐住心性，只要信服大玉米地，大玉米地就会帮你。你要什么？你只管跟它说，不用不好意思。不过你得是个好人。是个诚心诚意的人。就是这样，嗯。

1976年写于龙口
1981年改写

锈刀

二盒娶不上媳妇，心里一急，想学着杀猪。他觉得做个屠宰手轻轻松松不累，生活又好。他爹老月气得直叹气，又没有办法。

二盒长得又高又瘦，不干不净，身子懒，好吃不做，姑娘们当然不喜欢。人们都说他跟他爹太不一样了，简直不像他爹的儿子。街坊邻居都说："这孩子算完了。"

老月是个刚强的人。村里没有不佩服老月的，都知道他是个宁折不弯的汉子。出于对老月的尊重，有的人家甚至硬要将闺女许给二盒，只是姑娘自己不愿意才没成功。

姑娘跟二盒没法单独相处，因为她们与他在一起，觉得活着一点意思都没有。二盒身上的毛病很多，不是一句话两句话可以说得完的。他身上散发着奇怪的气味，主要是因为他不洗澡。他一坐下来就不停地挠痒，挠出"哧啦哧啦"的声音。他还真能打嗝，打得又尖又响。他在姑娘面前没有一点钢气，松松垮垮，站都站不直，三句话没有说完就拉起了知心呱，不懂道理。姑娘离开后埋怨："连个家长里短都不知道，烦死人！"

二盒在街上走着，步子懒懒散散，身子像布带一样软。他东张西望，不知要干点什么才好。身上有股奇怪的要求，使他不知怎样对付。大街拐角处有猪的嚎叫声，他一听就知道又一头猪让屠宰手放倒了。他赶紧跑，鞋子都差点滑脱。紧跑慢跑到了跟前，可是已经晚了，最有意思的一截已经过去了，现在正该着给猪剥皮。

他看了一会儿，后来就不出声地走了。就在他走出五六步远的时候，他在心里做了个决定：杀猪。

一般讲屠宰手是不受人欢迎的。因为身上沾血太多，无论如何不够吉利。所以姑娘找对象，一般不找他们。一个人只有到了有家有口、土埋半截不思进取时才来做这个行当。一个小伙子要干这个，那么他就是豁出去了。"还能把我怎么样？"他是这个意思。

老月并没有特别地反对。因为在他眼里干什么都一样，都是吃饭的依靠。如果这小子真能因此而勤奋起来，那倒未必不算得一件好事。老头子这几十年里，儿子成了心病，他差不多让他给气死。"俺生了个孬种！"他对老婆子说。老婆子不爱听这样的话。她以为儿子是在爹娘面前耍小，故意不正经干，等爹妈一闭眼，他还不是照例勤苦起来？她甚至认为自己的儿子漫长脸儿、大高个儿，长得不错。至于姑娘们嫌弃，那是因为她们狗眼看人！

小伙子说干就干，请示了队长，然后挽挽袖子就去学艺了。他在屋子角落里胡乱扒拉东西，弄得尘土飞扬。他要找些废铁块去锻几把不同形状的刀子。

他找了半天，突然喊了一声，他找到了一把锈成红色的长刀子，一把很适合使用的好刀子，只需要把锈磨去就成了！他觉得自己真有福。谁知老月迎着喊声过来看了，脸一拉老长，喊了一声：

"放下！"

"怎么哩？"

老月一把夺下刀子，在裤子上抹了两下说："这把刀子不能用，这是我的。"

"哎哟，真霉气，哎哟……"二盒哼着，搓着手。

老婆子过来了，埋怨说："不就一把破刀子吗？你的，这家里还有不是你的吗？"

老月举起巴掌，差点打在老婆子脸上。他跺了一下脚，返身回了里屋。那把锈刀被他紧紧攥着。他把刀子放在不远处，看了一会儿，又凑近了端量起来。

真是把好刀，不过锈了一层。这一层蚀锈遮去了它的颜色和光荣。这可不是一把平常的刀！老月握住刀柄，横着一抡，听到了"嗖"的一声！

二盒走进屋来，看见爹在练刀，哭丧的脸又一下笑了。"嘿嘿，俺爹耍刀！"他拧着头对屋外的娘说。

老月长叹一声，蹲下了。

儿子也蹲下了。老月看看他，皱了皱眉，吸起了烟。

这样待了一会儿，二盒又伸手了。他笑眯眯地向着老爹脚边的刀伸过手去——他想摸起它就跑，拿走也就拿走了，几天后老头子也就忘了这事儿了！他的手还没有挨着刀子，突然老月猛一跺脚喝道："这把刀杀过人！"

二盒的手一抖抽回来。

他站起来，斜着眼望着那把刀，往后退着。他退着退着，退到了门框那儿，一撒腿跑起来。"你回来！你给我站住！"老月在后面喊了两声，他像没有听见。

"一个孬种啊！"老头子咕哝了一句，回到那把锈刀旁边。

四十年前一帮散兵跑到了河岸上，胡吃海喝，奸淫掳掠，无恶不作。他们把河边上的人可害苦了，差不多每天都有人放开嗓子哭。老月当年刚好二十岁，浑身是胆，摸了一把刀子就跑进树林子里去了。

半夜里，他从树林子里摸出来，摸进了河岸匪兵的寨里，砍他一个两个。子弹嗖嗖响，就是打不着他，他跳进河里会潜水。

后来不少人拿着叉子和棍棒，学他那样跑进了林子里。他们在大海滩、在河两岸与敌人兜圈子，死了伤了也不悔不怯，硬是跟敌人拼上了。

他们缴获了枪，都说老月该分一杆，可他摆手不要。他说他有这把刀就够了。这把刀已经砍死了少说有五六个敌人。

苦战了一个冬春，匪兵才算离开了河岸。敌人一走，他们这一伙儿又成了村里的队伍，负责保护村子。日子久了，有一支革命的队伍知道了他们，要他们加入。人家最看重的当然是他们的武器。

他们几个人一商量，说一声"中"，就别了老婆孩子和爹娘，包一块干粮去了。谁知队伍上的人一个一个看了一遍，只要有枪的人，不要拿刀的老月。大伙儿都替他说情，那个领头的络腮胡子还是不要他。他最后终于火了，把络腮胡子好一顿骂，骂得对方真想掏枪打死他。有人劝阻络腮胡子说："你可千万别惹了他，他手里的刀砍死了好几个人哩！"

就这样，老月参了军。这支部队打过不少胜仗，很多人都成了功臣。老月也有了一杆步枪，不过那把刀还是不离身。它被磨得锃亮，锋利无比，装在一个皮套子里。他们的首长就是络腮胡子，如今对老月已经十分器重了。这是个无比勇敢的年轻人，首长终于知道了。

老月后来也立了一个大功。不过这时战争已经快要结束了，他要回家种地了。首长挽留他，他说："不中。"

战争中他负过二十多次伤，其中有一次子弹打进了嘴里，又穿过腮部飞出来。他的舌头受了一点伤，所以后来说话的声音特别粗重吓人。大家都说他是个革命的功臣了，他不应声。有人偏要夸他，夸得他不耐烦。到后来谁夸他，他就骂谁一句。

复员时，他特意把那把刀也带回去了。

想不到日子一累，这把刀搁起来也就忘了，锈成了这样。老月用拳头捶了捶膝盖。

老婆子在门口叫他，他走出去。原来老婆子在哭。"哭什么，盒儿妈?"老婆子一把鼻涕一把泪地说："盒儿爹，咱孩儿要做个事了，你该成全他。他要把刀儿使你都不给他，他给气跑了……"

老月大骂起来。"你奶奶的! 你也糊涂啊! 你不知道这是什么刀吗? 我身上的疤疤都跟它连在一起哩! 你敢说这把刀的坏话，好哇! 你的胆子不小，好哇!"

老婆子不敢哭了。

她睁大了眼去看那把刀，终于辨认出来。她两手揽在了怀里，身子一仰一仰地说："哎呀! 哎呀! 我不说了，不说了……"

她记得有一天刮大风下大雨，有人在前面擂门。爹娘都吓坏了，起来把她藏到地瓜囤里。门给掀开了，有几个匪兵喝得醉醺醺闯进来，浑身淋湿了。他们用枪托捣爹和娘，把两个老人都捣得爬不起来。她终于忍不住了，一下从囤子里蹦出来，抬腿就往窗户上跳，跳进院里，又没命地往外面跑。雨真大，后面的匪兵往天上打枪。他们放开了两个老人，穷追猛赶。她跑呀跑呀，不知跌了多少跤，爬起来还是跑。她不小心掉进了一个泥坑里，刚爬出来，就被两个匪兵按住了。他们揪紧了她的头发看着，说："真好真好"！他们扭着她往前走，前面就是一个黑乎乎的破碾屋。

她那会儿什么也不知道了，只等着死了。她想我非死不可，这遭谁说也不行了。她准备一头撞死在碾盘上，溅他们一身血！

这样想着往前走，一步一步比大石头坠在脚上还沉。眼看就要进门了，她心里说一句："鬼门关到了……"这句话还没有说完，只见门内"唰唰"飞出一个人影，还没等她弄明白，扭她的两个人都倒在了地上。他们的脖子上都中了刀子。她吓得坐在地上，那个飞来的黑影又来拉她。她定了定神，看出黑影是老月！老月手里握紧了那把刀子，那会儿滴着什么……他两眼在闪电里喷火，正呼呼喘息，嘴里咕咕哝哝骂人哩。她吓得蜷起来了，蜷成了小鸡一样，全身直抖。

老月把她扛上了肩膀。

他们冒着大雨回到家里，两个老人全身是泥，坐在屋子当中，已经哭哑了嗓子。这会儿姑娘醒来了，一头扑到妈的怀里。

后来两个老人就把姑娘许给了老月，说："她的命是你抢回来的，她不归你归谁？"老月粗声粗气地说一句："中。"……

就是这样的一把刀，能交给那个儿子做那种活计吗？天哩，你个昏头昏脑的老婆婆啊！二盒妈一声连一声嚷："俺再不说了，不说了！"

二盒开始杀猪了。他跟师傅学艺很用心，进步也快。他一天到晚围着油布扎腰，上面是血迹。姑娘们老远见了他，都赶紧躲开。开始的时候他负责扯紧猪腿，有时还要在猪腿上割个小口子，趴下身子往里鼓气儿，鼓饱了，再用绳子勒紧气口，用棍子噼噼啦啦地打。这之后，才是师傅剥皮。

队长在一边看，问："二盒什么时候能自己动手？"二盒吸吸鼻子："家什不行！"他是说他没有一副好器具，比如刀啦铁钩子什么的。队长说："那容易。"他当即吩咐人去给二盒打制各种器具。

二盒从心里感谢队长，偷了块好肉送给了他。队长把肉收下，眯着眼严肃地说："这样影响不好啊！"

二盒自己要杀猪了，快去看哪！快呀！

村里的闲散人儿全去了。大伙儿围上乱扭乱叫的一头肥猪，说不出的高兴。二盒站在木桌旁搓着手，他的前面是一溜儿锃亮的长短刀子和几个又尖又大的挂肉的钩子。他看着地上捆起的猪说："你哼不了多一会儿了。"

二盒家里人来了吗？嗯，你看看老月站在人空儿里呢。"老月上前面来，你该往前来！"有人把他推过几个人，他有些不高兴。二盒一歪头看见了爹，立刻闭了嘴巴。

"看人家二盒吧，等一会儿要亮出武艺了，他能用膝盖顶住猪脖——它叫都叫不出声……"有人这样说。"好的杀猪人一个人就可以将大肥猪按在木桌上"。他的意思是二盒也该这样。

　　二盒吸着冷气，继续搓手。

　　有人端来了水，嚷："还不快动手，听它干嚎！"

　　二盒往手上吐了一口，叫一声，弯腰就去解绳子。大伙儿一声不吭。他提了两次猪腿没有提动，大伙儿哄笑了一阵。有人看不下去，就帮他搬到了木桌上。他使劲用膝头顶住猪脖子，然后抄起尖刀，眼一眯，就是一下！

　　可惜偏了一点，血一溅，那肥猪一挣从膝下昂起脖子，接着一头拱倒了二盒。它嚎叫着一跳，把人群也吓散了。"抓呀抓呀！抄杠子呀！"猪的主人大喊，两手急得夯在身侧。他干喊，没人敢拦受伤的猪。

　　二盒爬起来时，那头猪已经跑得没了影子，只在木桌上留下了一小片血迹。

　　人们看着二盒，又回头寻找老月。可老月不知什么时候已经走了。

　　他是在二盒倒地的那一刻回去的。他在院里吸烟，长长叹气。老婆子问他他也不语。停了一会儿，他找块磨石，磨起了那把刀。

　　他想起了那刀锃亮的样子。这样磨好，他准备抹上油包好，放到一个好地方去。

　　磨啊磨啊，刀刃下边一点点的锈斑怎么也磨不去。这刀好锈！他两手按紧它，又是一阵好磨。可是锈斑还是留在上边。慢慢地水儿渍透了锈垢，拍打两下，刀口上露出了豁牙和蚀洞——这把刀完了，不能用了。

　　老月站起来，扔下了刀。老婆子也过来看了，没有做声。

　　"不中用了，不中用了，跟咱那孩儿一样……"老月拍拍老婆子的胳膊，坐了下来。

　　外面又传过一阵猪嚎。大概大伙儿又把它逮住了。

1976 年

铺老

干什么也不如干个铺老——常年在海边守渔铺的老人！这是个馋死人的行当，每天里就是吃鱼、喝酒、说热闹话儿！人上了年纪还有这样的福分，真是做梦也想不到啊！不过铺老一般都是熬出来的，打了一辈子鱼，岁数大了，领头的说一句："你看渔铺去吧！"也就成了。

大海边上一个个渔铺里，就活动着这样的老头儿。他们闲了就凑到一起玩儿；大晴天里，他们就在白沙滩上闲溜，弓着腰，一副心满意足的模样。

海里并不是时时都可以打鱼，有时捕鱼人可以很久很久不来，比如严冬里和风浪天里。那时铺老们就要守在铺子里，自己过沉默的生活。他们吃的是备下的咸鱼或自己设法搞来的鲜鱼。在海边上活动，拣来几条好鱼不费吹灰之力。即便是在大雪封岸的严冬，只要有耐心地沿着海岸走上一会儿，一定会拣到冻僵的大比目鱼、海蜇和章鱼等等。

铺老们都会做菜，都有一个油滋滋的小铁锅，有大把大把的鲜姜和辣椒。他们把这些东西埋在沙子下面，可以吃上一个冬春。他们亲手做出的鱼汤味道奇美，远不是其他人所能攀比的。这是一辈子练成的手艺，是海边生活最重要的一部分。

大雪天，他们几个人就凑到一个铺子里，喝滚烫烫的酒。大雪天都很静，无声无息，哗哗的海潮声也给关到门外去了。这真是个好日子啊！小火炉噜噜叫，铺子里热乎乎。几个老人盘腿而坐，把酒盅咂得嗞嗞响，谈天说地，有时还相互开个玩笑，真是有意思啊！

"老锛你这个老不死的，怎么能煮出这么好的桑叶茶来，里面加了冰糖吗？"

"土挠，日你……怎么抓到这么大一条老鱼？哈！哈！"

"小喜蛛，快起来吃口大鱼肉，别老躺着吸烟哪！"

几个老头子满脸都是神气，咋咋呼呼，喊着骂着，有时还噗噗捶上几拳，老胳膊老腿了，舒服得哎哟哎哟直叫。

老锛这个老头儿个子有一米九以上，谁看他都得仰脸。他奇瘦，胡子是白的，牙齿颗颗结实，他吃牡蛎不用家什撬壳，只用牙咬。他在沙滩上走路大步跨着，不紧不慢，像一柄锛斧在锛着土地。老锛可是个文雅人儿，说话慢，不太骂人，不过一骂起来就没有头。他没有上过一天学，不识字，手指很长像是捏过笔杆的人。他衣服比别人都整齐，穿了鞋袜扎了腿带子，所以他算个文雅人。

土挠是个能干的海上把式，很粗壮。他有耐性，有时为等一条鱼可以半天地蹲在海边。他常常趴下身子在沙滩上干什么，你过去看看他有什么道理，你看不出来。他离开那地方，你才知道他又得了东西。他手里从来不空：三个大乌贼、两条刀鱼……有时他还能拣一杆橹、一块网、一根丈把长的竹竿子。土挠身体一年不如一年了，穿上了皮袄。他不耐冻了，这点上不如人家老锛。老锛半夜里踩着雪出去解手，只穿一个裤头。

小喜蛛嘻嘻哈哈，人小手足也小，人老心不老。所有的老头子都照顾他，以为他力气不行。可是有一天抬船，他一个人扳住一端，昂一声大叫就把船头扳动了！天呀，他把力气藏在了哪里？看来他不是个好对付的主儿。从那以后，大伙儿不照顾他了。吃东西时，你一块鱼肉他一块鱼肉，平均分配。过去不是，过去只让小喜蛛尽吃。他的小手黑乎乎又软绵绵，捏起一撮鱼肉，嗖一下吸进嘴里，又吱一声饮一口烧酒。他的小脸一天到晚喝得红扑扑的。老锛说："你这个女人身！"大伙儿都笑。老锛真文雅啊，老锛把小喜蛛糟蹋得可不轻，不过又没使用一个脏字，你说让人服不服？老锛火了谁也得害怕，不怕不行。老锛坐在那里，理理胡子，咳嗽一声，大伙儿都得老老实实。其实老锛从来没对小喜蛛动一手指头，小喜蛛还是怕他。

他们很少是有儿女的人，不然他们也做不了铺老。他们当中如果有人有妻室儿女，他就成了别人嘲笑的对象。"你这个人哪，活得不利索！"他们都这样说。平时在一块儿，分东西吃、喝酒，那个有家口的人都要拣次的、挑小的用。因为大家都觉得他家里的人已经照顾过他了，他已经不错了。再说他又是个不利索的人——他会把这里的事情回家告诉一遍，把冬天或闲时铺里的一些事儿传出去。有这样一个人真不利索。

不过认真论起来，渔铺里好像也没发生过什么怕人知晓的事情。当打鱼的人多起来时，海滩上吵吵嚷嚷，不断有人在渔铺里出出进进，渔铺里还有什么秘密可言？不过认真观察一下就会发现，铺老们尽量不去过多地掺和那些打鱼人的事情。他们好像自成体系，好自为之。几个老人在震天的号子声里仍然安静得很，一起围坐或闲走，小声地说话，笑着。

他们的好时光应该说主要是打鱼人长期休息的日子。这时孤寂回来了，他们不受打扰的时刻也回来了。老锛在海边上拣回几个好看的玻璃瓶，涮好收起来，嘱咐一句："不准出去说。"土挠把风浪过后推拥上来的竹竿和木板堆积在自己的铺子后面，也嘱咐一句："不准出去说。"谁都明白这不是什么怕人的事情，可是还是觉得那句叮嘱是再好也没有的话了。

小喜蛛有老婆孩子，他过去常常回去看看。老锛每次都盯着他的背影说一句："走吧，人离开了，他铺子里非丢东西不可。"小喜蛛每次离开都不忘把铺门锁牢，可还是有人寻空儿把铺门撬开，进去偷些东西出来。老锛说的一点不差。

偷东西的人正是他们的好友土挠。土挠听了老锛的预测，就迫不及待地让那句预测变为现实。老锛是个文雅人儿，可不能说了白说。土挠用一根钢筋弄掉了锁，爬进去，在小喜蛛的坛坛罐罐里找东西吃。他发现这里的腌鱼和咸菜都不错。他有一次还偷走了铺里的烟斗和小喜蛛的一件棉衣。

小喜蛛回来十分恼恨，埋怨几个老朋友没有给他长长眼色。老锛说："不能。你是有了仇人——要不怎么一离地方就丢东西？咱可不能跟你一块儿积仇。"土挠嘻嘻笑："一点儿也不错。"除了那个烟斗他要偷偷一用，其余的东西都埋在了沙子里。

后来，小喜蛛不回家了，只让老婆来看他。这下子可让几个铺老开了眼界。原来他的老婆个子高而且十分粗大，正好与小喜蛛相反。"他怎么娶来这么个东西？这不是自找麻烦吗？"土挠眨着眼对老锛说。老锛理着雪白的胡子，点点头。后来他就将两手抄在胸前，端量那个大老婆了。

大老婆脚掌很大，手也大，走起路来胸脯仰着，踩得沙滩噗噗响。她叫男人的名字总是拖长音儿，像喊猪喊狗似的。她的嘴巴又厚又大，嘴唇乌紫发青。她站在海边上看海水，又转脸看几个铺老，使劲咳了一声。

老锛文雅地站在一边。土挠使劲地在那儿抠挖什么。一会儿，他挖出了一支沙参。

大老婆提着包裹，一手揽起小喜蛛的肩膀，回自己的铺子里去了。

"这一个大家伙，我看很像个谋财害命的主儿。"老锛盯着她的背影说。

土挠说："小喜蛛非让她气死不可！"

大老婆带来了酱瓜和玉米饼，小喜蛛就偷偷地拿来给几个好友吃。他们一块儿享用，还喝了酒。正喝着，外面传来了她的呼喊，老锛使个眼色，土挠就把铺门顶实了。大老婆无论怎样捶门，怎样叫，他们只是不理。这样喝了半天，个个都有些醉了。大老婆也无声息了。他们以为她一定是回去了，就开了铺门。谁知铺门刚开了一条缝，大老婆"呼"一下就扑进来，一把拧住了自己的男人，拧着他的耳朵拖出去。

小喜蛛一路吼着，跟大老婆回到了自己的铺子里去。

土挠和老锛在后面看着，一声不吭。老锛后来说了句："不帮帮他，就对不起朋友了！"土挠点头。

这天夜晚，土挠在小喜蛛的铺子前蹲了半夜，想寻个机会下手，收拾一下那个大老婆。可是里面鼾声阵阵，什么机会也没有。后来他用钢筋从铺子外面往里扎一下，心想扎了谁算谁。他专往鼾声响的地方下手，轻轻地来了那么一下。只听鼾声停了，里面有个声音："哎哟哎哟！"他听了撒腿就跑。

天亮了，小喜蛛捂着屁股走过来，对老锛说："得警惕了，海上来了特务。"他让几个铺老看屁股上的伤，"这是半夜里被特务捅的——他们想谋害我，怎么办？"

土挠认真蹲下来看了看，呷呷嘴没有说话。他心里十分后悔。

大老婆也过来了，她看看几个人，咬咬嘴唇，就进铺里坐下了。老锛正在铺子里煮鱼汤，锅边已经摆上了酒和盅子。这会儿锅开了，老锛招呼几声，外面的人进来，要喝酒了。大家刚一动手，大老婆就抓过一盅酒，一仰脖子喝下去了。大伙儿面面相觑，不做声。小喜蛛给老婆添了一杯，她又一仰脖儿下去。老锛咳了一声。土挠把酒瓶儿收起来。大老婆火了，拍着腿要酒喝，没有办法，一瓶酒只得让她给喝光了。她喝得满面红光，哈哈大笑，心满意足地在铺子里摇晃着。小喜蛛看着老婆，兴奋得哼哼呀呀。

这一天直折腾到天黑大老婆才离去。她一个人摇摇摆摆走进海滩深处，回家去了。小喜蛛一个人留在了自己的铺子里，空荡荡的。他垂着两手，在浪印上走来走去。

老锛走出去，跟在小喜蛛身后不远的地方，走得步伐稳健。他的大白胡子在暮色里泛光，看上去又威严又沉重。土挠也只得走出去，尽力地赶上老锛。"这个人，活得真不利索！"老锛止住步子，冲着前面那个矮小的身影努努嘴。土挠重复一句："真不利索！"

他们这一天定了一条原则：不准家里人来铺里送饭。

他们都感到了严重的骚扰，好像损失巨大。其实大老婆送来了玉米饼之类，除了喝了一点酒，没有拿走任何东西。不过他们还是觉得这个女人如果频频出入海边渔铺子，那么这里也就没有任何幸福可言。

"你有这样的家口，还不如死了好——你死了吧。"铺老当中有人直言不讳地说。

小喜蛛擦着鼻子说："好死不如赖活着。"

"赶空儿俺把你扔进海里去。"

"把你的小手一捆，扔到海滩上，让狼、狸子吃了你。"

"用酒把你灌醉，然后把你埋进沙里，谁也不知道。"

小喜蛛听着这些议论，连连说："天哩，你听听，吓人！吓人！"

大伙儿哈哈笑了。

后来大伙儿对小喜蛛依旧，仍然一起喝酒、玩，过铺子里的生活。不过他们一提起他是个有家口的人，又都厌恶他，不能原谅他。铺老嘛，该是个利利索索的好汉，怎么能有那么些牵挂？呔！呔！真是一个——"一个不中用的东西"——老锛概括得再贴切不过了。

"咱也不是娶不上家口，咱不过不愿意要罢了。"老锛说。

大家一齐迎合："罢了！罢了！"

"如果有了家口，好鱼就不能一个人享用了，出油的鱼尾巴就得给她留着，让她放进嘴里转圈儿嚼。"老锛操着手，又说。

"那是哩！那真是一点不错。"

土挠接上说:"俺在海边遇上买鱼的闺女万万千,哪个不想留在铺里?他们不馋我这个人,还馋鱼哩。大鱼一条一条,鱼肚儿发银光,谁不馋?咱思前想后,最后咬咬牙忍了,一拍大腿:自己过!"

"好!"

老锛大赞一声,喝了一口酒。他正在做鱼汤,这会儿掀开了木头小锅盖,伸进勺儿搅弄锅子。水中有一条花点儿银肚鳊鱼,它的肉被汤浸松了,显得软软肥肥,油儿渗得很旺。老锛撒进大把大把的姜末和葱、花椒,四周的老人不停地咂嘴。

"不放醋能行吗?"小喜蛛从气味中感到少了什么。

"你怎么知道不放醋?馋猫鼻子尖。"土挠顶撞了他一句。

"你正经喝过几回好鱼汤?你知道该什么时候放醋?"另一个老头子问。

有人讪笑。

老锛像一切都没有听到,这会儿从铺子角落里摸出一个大罐子,一歪,哗一声倒进锅里一些东西。酸气一下子扑满了铺子。这显然是失手倒多了。可是大伙儿伸出舌头舔着空气,都齐声说:"好好好,这才好哩!"

该喝鱼汤了。铺子里一片呼呼的快乐喘息。老头子们的手由于兴奋,早已经湿漉漉的了。他们转身找碗、筷子,找小瓷勺。哪有这么多碗。后来有人干脆用大贝壳盛汤,一口一贝壳,喝得比谁都快。

只有小喜蛛一个人从裤带上解下了一个搪瓷杯子，不慌不忙地舀汤喝。大伙儿都羡慕这个好家什，这会儿盯着看。上面有红花绿叶儿，有蜜蜂儿飞哩。杯把儿弯弯，像小孩耳朵。真好杯子！其实小喜蛛一年到头把它拴在裤带上，常备不懈，不过大伙不注意它罢了。终于有人问了一句：

"喂呀，你哪弄来的？"

小喜蛛一边喝一边答："扑！俺老婆赶集，扑！买的……给俺拴上。"

老锛的勺子一声砸在锅沿上。

大伙儿停止了喝汤，然后一句句骂起了小喜蛛。骂了一会儿，老锛才高兴一些，伸手扭了小喜蛛一下。小喜蛛转着脖子躲闪，一边躲一边嚷叫："哎呀，痒死了痒死了，嘻嘻嘻！"

大伙儿都笑。老锛停了手，带总结性地说：

"其实小喜蛛这个人不错，是他老婆把他弄坏了。你们想，咱要有那样家口，还能活吗？"

"对，小喜蛛不错。不错不错。"……

老锛蹲在锅台上，盯着小喜蛛笑，小声说了一句："你这个女人身……"

1976 年

开滩

这个事不说没人知道：大海滩一年到头是封住的。它看起来平平常常，兔儿跑鸟儿叫，无边无缘的，其实一年到头都是封起来的。

　　封滩，就是一年里不准人进去砍柴、拾草、挖药材。一句话，想沾点大海滩的好处，那是不行的。

　　负责封滩的人叫常敬。他长得又粗又矮，只有常人三分之二高，剃了秃头，认真负责。大伙儿都说：常敬封滩，封得住；换了别人，封不住。

　　常敬脾气暴烈，而且在年轻时候不干人事。他积了不少怨恨，不少人想寻机会弄死他，所以他自己就警惕得很，大睁着两眼。如今上了年纪了，为人略好一些，不过仍然得不到别人的谅解。

　　他有武器，那是一支双筒小土枪。他个子矮壮，所以臂力过人，一只手就可以端起来放枪。"通通！"大海滩上一响起这种轰鸣声，人们就说："常敬又放枪了！"

不过谁也不知道他放枪干什么。有时他用它打野物，吓唬进滩的人，还有时毫无目标地打枪，问他干什么？他说打鬼。

他在海滩上盖了个小窝棚，一个人拱在里面过日子。其实他有儿有女有老婆，有个不错的家庭，只不过不愿回家罢了。他老婆体积大约有他一倍大，据人说年轻时妩媚过人。他究竟用什么办法弄来她做老婆，所有人都以为是一个谜。于是有人就猜测，说是依仗了暴力。但更多的人不这样认为。他们眼里，常敬是个心生百窍的怪人，在他那里，几乎没有什么做不成的事，只要他想做的话。年轻时候，人们亲眼见他把小女孩儿撵得吱哇乱叫，在大海滩上一溜急跑。那些小女孩儿犯了纪律，她们在封起的滩上攀折树枝。

他像个狗一样趴在草棵里，听着四周的动静。他如果发现了什么，就一跃而起，蹿上去，没命地追赶。那些在大海滩上胡作非为的人，比如那些偷树的、砍柴的人，没有一个不怕他的。

如今他是老了，可是他的勇力不减当年。他还能一声不吭地在草窝里趴十来个钟头，还能晃着膀子在树丛中疾跑。"啊唬！啊唬！"他一边追赶逃跑的人，一边放开嗓子大呼，单凭这烈性十足的腔音就能把对手吓住。有的女人刚一跑，就被这喊声吓趴下了，浑身乱抖。谁也弄不明白他这个人从哪儿发出这样粗响的声音来？他简直是个发音的专门器具。

他的生活不错，一年到头有荤吃。他打下的兔子、獾和狐狸很多很多。这些东西除了他，任何人不准碰。别说这些，海滩上一草一木都不准别人动。只有到了开滩的时候，才允许大家来这里拾草——人们就拼命地拾草，趁机备下一年的烧草。不过这样的机会一年里只有一次，一般都是在过大年之前。开滩的日子，也就是常敬最厌恶的日子。

如果他说了算，他就会把滩一直封着。那时他是这滩上的王，想干点什么就干点什么。无论谁，只要一步闯到这滩上，那么就得归他管了。他说你错了，你肯定就是错了。你还敢不服吗？他说自己是守滩的人，打死了人不偿命。没人去考究这是不是一条实在的法律，反正都对他那支双筒小土枪吓得要死。可是人过日子要烧饭哪，有时家里实在一点可以烧的东西也没有了，眼看就要停下生活了，那时也就不得不冒险了！每逢这样的日子里，常敬就力量倍增。他一下子激动起来，双目闪亮，在树丛里一蹦三跳。好像他天生就是与人争斗的脾性，没有争斗就不舒服。

"胆真大啊！"后来有人对那些冒险进滩拾草的人评价道。他们不理解那些人为什么竟可以连常敬都不怕？

"啊唬！啊唬！"常敬一旦发现了目标，就一边跑跳一边大喊，烈性的嗓门能传出几十里，差不多惊动了海滩上所有的野物。被追赶的人不得不抛下耙子和绳索，弓下身子没命地窜。

不过他们十有九个逃不出去。常敬在他们力乏下来的时候，猛力一跃骑上抖抖的身子，照准后颈就是一拳。被逮的人连声求饶。常敬烈呼："罚！"

那是可怕的惩罚，往往只一次就会让人记上一辈子。怎样罚要看他的高兴，没收拾草的器具是最轻的，其次是罚二十块钱、出几十个工，等等。没人干涉他的法律，这真是怪事。

有的妇女被逮住了，常敬照样骑上去。她们有的奋力搏斗，虽然无济于事，但总还算出了一口恶气。有的自知白费力气，就任他折腾了。他说："敢不听大叔的话？"被他逮住的人都像鼠见了猫，不敢抬眼看人。他对妇女的惩罚丝毫不轻，而且有时还显得重一些。海滩上的草丛中，常常有刚刚被罚过的女人一路号哭向前走去，那凄厉的声音让人难受。

太阳在大海滩上落了，大地红红的。不少人咒那个管滩人，说："让他随着日头死了吧，死了吧！"

可这是白费心思和口舌。他活得十分健壮，比一般人健壮得多，看样子会活一百岁。他随着年岁的增长，剃了秃头，越发精干英勇；而且不同之处，还在于他的嗓音变得更粗更烈，呼喊起来让人更加害怕。

不知有多少男人在打常敬的主意，他们都想杀了他——不过这主意怀在各人的心里，他们不敢联合行动。所以，常敬在好长一段时间里，并没有受到真正的威胁。不过，怀有这种心思的人多起来，溅血的日子迟早会来。

有一天半夜，常敬因傍晚吃了一只野兔，正香甜地大睡，好舒服。有个细长的黑影儿蹲在他的地铺入口处。蹲了一会儿，黑影捂着嘴呼唤道："常敬！常敬！大叔！大叔！"呼了一会儿，里面的鼾声停了；又住了一会儿，那个矮矮的人儿弓着腰爬出来——刚一出门，细长个子一挥手，撒开一张捕鱼小网，顺手一收一勒，就把常敬网住了。常敬没命地在网里扑腾，撒网的人只不吭声，用脚去踏住，另外两手哧哧紧着网缏。小网越收越紧，常敬给勒在了网的当心不能动，说话也困难。细长个子把他扛起来就走。

"你要把我扛到哪里去？"

细长个子不吭声，只管往前走。

"我日你妈我饶不了你……"

常敬费力地骂了一句。细长个子回手就是一个耳光。常敬再不骂了。停了一会儿，他用牙咯咯地咬断了几根网线。细长个子急了，就把他放下，先踢几脚，然后往他嘴里塞了几根树条子。

再没有声音了。他扛上继续走。

当时是深秋，天有些冷。他扛他走到了大海边上，找个没人的地方站下。肩上的人发狠地扭动。细高个子说：

"你做到了头，今个结了，喂鱼去吧！"

他说完踩着浅水往里走了一会儿，直走到齐腰深的水里，才骂了一句，一下子扔了进去。

照理说常敬非死不可。

可是几天之后，他又拱在自己的小草铺里睡觉了——那天的风浪一会儿就把他扑上岸来。他连呛加冻已经昏了。可是太阳一照，他又活了，于是飞快地用牙咬东西，因为海水早把嘴里的树条冲掉了。咬了一会儿，钻出一个头；再后来，打鱼的人来了，把他放出来。

他花费了几年的时间寻访那个黑影，就是寻不到。

从那以后他更厉害了，警惕性增加了数倍，他在身上的贴近处配了刀子，夜间不脱衣裳。尽管这样，还是有人打他的主意。

有一天他正大睡，又被一阵叫声惊醒。这一回他没有马上钻出，而是弄明白了没有人蹲在铺口才出来。他走了几步，骂了几声。可是没有活动几步，他就被绊住。他狠狠一踢，两脚立刻被一种奇怪的绳扣给系住了——他明白这是打猎的人常下的狐狸套！"狗娘养的，俺杀你全族！"他大骂大叫，伸手掏出刀子弯腰割绳。割了两割没割动，这才知道下套用的东西是铁丝。勒人真疼！勒人真疼！他急得刀子都握不住了。

大约有一两分钟的工夫，从近处的小树林里蹦出了一个人，他弯腰拾起什么就走。原来连住绳扣的有一根长索，他拖着常敬在地上跑起来。地上的棘子树茬，一齐划着常敬的身子，常敬没好腔地号叫，最后连叫的声音也没有了。

那个人看来不想弄死看滩的人，因为他拖一会儿，就停下来检查一次，看看死没死。最后一次他见常敬鲜血淋淋，喘息都弱了，就不拖了。他把半死的人放在那儿，就回头走了。走出了小半里，他又想起什么折回来，站在常敬身边。站了一会儿，他抬脚照准常敬的下身踩了一下。随着一声长喊，他这才匆匆地离去了。

这一回常敬离死只有一两寸远了。不过他的性命根儿真大，竟然还是活过来了。只是他的脸上结了些紫的红的斑痕，样子难看极了，让人看一眼心惊肉跳。

"他这遭真是个凶神恶煞了！"大伙儿都这么说。

常敬的家里人，主要是他老婆，比常敬害怕十倍。她以为常敬不一定什么时候就会被人弄死。她劝说男人放弃看守海滩这个活儿吧，可常敬根本就不考虑这个。他一如既往地住在大海滩上，像过去一样厉害，打猎也行，有时一天就能打十几只兔子、一只狐狸。他炫耀般地将一切收获都悬在树枝上，让它们在风中、在阳光下甩动不停。

大海滩上的枯草和落叶，一年里已经积了厚厚一层。人走在上面，像走在海绵上一样。"真肥呀！一耙子下去就是一堆！"经过海滩的人这么说。人们都等着开滩。

天快下雪了，还不开滩吗？

何时开滩是上级的事情。只要开滩的红纸一贴出来，各条大路小路上就挤满了人，一齐往大海滩上拥来。大伙儿又紧张又快乐，驾着大车小车，带着绳子扁担、锄头耙子，叫着喊着往前赶。"走啊！开滩了！开滩了！快呀！一走晚了没有了！""好家伙啊！有喝一壶的了！"……

他们嚷叫着进了海滩，立刻没有声音了。全都扑到地上干活，哧哧地用耙子搂，用锄头锄，还胆怯地四处瞄几下。如果那个矮矮粗粗的人背着手走来，他们就赶紧低下头。

常敬一会儿出现在海滩的这一边，一会儿出现在那一边。他像是会飞的人一样，随时就可以站立在一个地方。刚才一会儿还听见他在远处咋呼，可是一眨眼的工夫他就出现在近前。

他的伤痕累累的脸谁也不敢看。他见谁瞪着他看一眼，就睁大了眼直视着，一步一步过来。先看他一眼的那个人往后退着，连连喊："大叔，大叔……"不管是年长于他或小于他的人，一律称他为大叔。这是多年养成的规矩了。

有些不懂事的小娃娃见了干结在树上的野果，就欢呼着去摘。大海滩上有多少奇怪的东西呀！野果子红得发亮，干蘑菇、木耳，看见眼就馋。大伙儿没有工夫去收拾它们了，他们时刻不忘这是开滩拾草的日子。也只有孩子们去拣去找那些好东西了。可是孩子们总是受到呵斥，大人不让他们乱喊，从来不忘告诉一声："常敬来了！"

"开滩了！开滩了！"小娃娃们躲在树林里喊。他们实在忍不住啊！

不少孩子逃开父母的约束，结伙儿往大海上跑。他们想看看大海在这会儿是什么颜色，有打鱼的人吗？他们一年里也不敢上大海滩一次。他们尽情地跑、跳，小腿儿飞快飞快。

他们一会儿就没了影儿，急得他们的父母到处去找。

常敬手里提着双筒小土枪，像是故意地寻机会亮亮枪法。有一只兔子跑在一个弯腰拾草的老汉旁边，被常敬通一枪打倒了。老汉开始还以为这枪是冲他打来的，一个筋斗翻倒了。其实枪子儿一粒也没有沾上他。常敬走过去，从他身旁拣起死兔子，慢悠悠地走开了。

有时候所有的人都停了手，没有一个人干活。他们都直着眼看去——

常敬的枪插在腰上，伸开两手像要捕捉东西似的，大步往前跑去。这真是一阵好跑。他这么大年纪了，跑起来呼呼小喘，飞也似快，还能在疾速飞奔中绕过棘棵。他要跑向哪里？他又发现了什么？人们放眼往前看，什么也看不见。不过大家从他的跑势上，都判断出在海滩的那一边又发生了什么事情。

有人担心不在身边的孩子，有人担心老婆和女儿……他们焦急地蹲下了。

"这个……人，能活一百岁！"有人议论。

"天哪！天哪！"有人轻轻吐气说。

常敬往前飞跑，一会儿就看不见了。

有人确信他再也听不见了，这才压低了嗓子喊了一声：

“开滩了——！”

大伙儿像他一样小声喊叫：“开滩了！开滩了！开——滩——了——！”

1976年写于栖霞
1980年改于济南

叶春

叶春是个知识青年，漂亮得没法儿说。她刚来村里时戴了个青色翻毛儿棉帽，短头发全遮住了。"她想装男的。"有人这样说。她怎么装也不像，因为她的眼和眼眉与男人根本不同。还有皮肤，太白，那真是大家都没见过的皮肤。

叶春如果像村里年轻人一样下田干活，大伙儿估计她会受不住。她该干点什么呢？记记账？做个工分员？做个保管员？学做技术员？反正得找点合适的营生给她。

大概这事难坏了队长老万头。老万头从她来了那天就皱着眉头。叶春叫他"万大伯队长"，他就"哎"一声，真正地笑一笑。可是她叫过之后他又皱眉了。

叶春自己提出了自己的工作问题，结果把全村人都吓了一跳。

她说要学习赶车。

一般讲，女人赶车，这只是书上电影上的事儿，哪能当真？老万头连连摆手，说不中不中，别闹着玩了！谁知叶春十分倔犟，非要跟着学赶车不可。老万头难住了，就去找车老板酒坛商量。

酒坛赶了一辈子车，岁数不小了，也该找个接班人。可是他想不到会是个细皮嫩肉的姑娘。酒坛这个老头不错，平生只有两大缺陷，一是嗜酒如命，常喝得大醉；二是长了一副斗鸡眼，看人时样子极其可笑。他的神奇之处是酒醉后仍能照常驾车，而且从不出错。有人预料他早晚得掉在车轮下被车轧死，可这惨事儿看来没有什么可能。

酒坛连连摆手，说不行不行，反了她了，还想赶车！他甚至骂了句粗话。

不巧他最后骂人时被走来的叶春听见了，姑娘得理不让人，说：不同意就不同意，凭什么骂人？她非要酒坛讲明白不可！

坏了，老头子惹祸了。他的斗鸡眼慌慌地瞪大了，瞅瞅队长，又瞅瞅姑娘。姑娘说："你说什么也没用，收下徒弟，这事儿就结了。"老头子大笑，拍拍膝盖说："就收下又怎么样！"老万头说："这事可闹不得，不兴反悔！"酒坛说："那当然了。"

这事儿就这样定下了。从此有个女车老板了。叶春为了让老头子高兴，常常用自己的零花钱买点酒给师傅喝。师傅喝了酒话就多，说："好孩子啊，告诉你吧，我这个人只要有了酒，你把我卖了也行啊！"叶春说："俺怎么能卖你呢，你又不是个什么器具家什。"老头子哈哈笑了："就是呀！我老婆子年轻时候就不懂这个！她那时候刚有了我的老三，家里没东西吃，就把我卖给了老地主赶车。老地主付了钱，吹胡子瞪眼对我说：'斗鸡眼，告诉你听好，你是我的了！'我点点头。其实我才不听他的哩——到了晚上，我照常跑回家去睡觉……"

叶春听了哈哈大笑。

老头子又说："老地主家里好吃的东西多，酒也多，我就偷了吃喝——你知道，做饭的人也是苦出身，他跟咱交上了朋友。俺俩好得像一个人哩，到最后他把厨房的钥匙都给了我。我半夜里就开门进去，伸手抓了好东西就吃，然后倒了酒就喝。好酒啊！那酒是玉米酿出来的，一股透心香味儿。那些日子真是好生活啊！"

叶春说："可地主都是黑心肠，是吧？"

"当然，那还用说！他想把我当牲口使，让我为他卖命。他打错了算盘。我不吃他给的猪狗食，饿了就偷厨房里的东西吃，他能斗过我？白想！"

叶春点点头："剥削阶级都是愚蠢的，而劳动人民才有智慧。"

"这话不假！"酒坛拍着腿说。

两个人在车上，随着车晃荡，快活得很。他们干了一天活也不知道累，不知不觉太阳就落山了。叶春试着驾过一两次车，牲口不太听她的。老头子说："它们有个耳朵，听惯了我的话。等你跟它们熟了以后，也就行了。"叶春点点头。老头子又说："赶车这活儿，说技术也有，不过不多，主要是个感情活儿。"叶春不明白了。"感情活儿"几个字让人太费解了。老头子把斗鸡眼转过来，说："你跟牲口有了感情，牲口就跟你好——这还不明白吗？"

后来，酒坛给叶春讲了个亲身经历的故事，她才算明白一点。老头子说："还是得讲感情啊！我赶的牲口都知道我的脾气，知道我是个软肠子。我待它们好，它们也不好意思跟我过不去。天黑了，我早早让它们歇下，干了一天累活，我抓几把豆子扬进槽里。你当它们痴？它们最精了！什么都懂！我这辈子还没见过哪个人有它们聪明，比它们更重义气……"

叶春听不下去了，就插嘴道："大伯也不能这样说啊，是吧。"

酒坛生气地一拍大腿："嘻！我还能瞎说？没影儿的事咱从来不说。有一年上我去南山出车，半路上遇了大雨，大车轱辘直打滑。雨不停歇地往我头上泼，我想这回出车算霉气透了。我知道要出事，老觉得不祥。谁知道在一个下坡路上，车子一颠，我的身子软了，噗一下掉在车下。你想想那还能活？大车上载了石头，车正顺着坡往下轧，我躲都来不及哩。我心口上发烫，心想这遭完了，死在这里了，一辈子原来是这么完的。我正想着，谁知大辕子马像老虎一样呜哇一叫，低头咬在我的后腰裤带上，一扬脖子把我甩出去，那个快！就这样，大马救了我一命！你看看，这是我亲身经历的事儿，听见了吧！"

叶春惊讶地看着酒坛老人。她发现老人的斗鸡眼里，渗出了一层泪水。她用力点了点头。

叶春对老人有说不出的佩服。她天天与老人在一起，形影不离。村上人都说："别看人家是个知识女娃，身子真泼！"那是说她不娇惯自己。叶春仍然戴着那个翻毛小棉帽儿，衬着小脸儿，脸上长长的睫毛，真让人亲哪！小伙子们都说："这辈子要娶上叶春这么个媳妇，立刻死了也值！"知识青年当中也有男的，他们有的长得挺帅，也在暗中喜欢着叶春。他们听了村里小伙子的话，很不高兴。

大伙儿估计叶春早晚会跟一块儿来的知识青年好上，谁都认为这是合情合理的事儿。有一个知识青年长得不错，干活也肯花力气，特别关心叶春。他不久还当了政治队长，令人羡慕。他的名字叫魏铭。叶春说："魏铭，你怎么老跟着我转？这样不好。"魏铭鼻子吭吭两声，说："我爱……这样嘛！"叶春说："那也不好。影响不好。我们年轻人主要就是考虑影响，不是吗？"魏铭想了想，说："也对。"

后来小伙子就不缠她了。

酒坛老人教给叶春喝牲口，总嫌她的腔儿不对。"不能那样，甜滋滋的，这不行。要有虎气，一句是一句。"叶春直笑。

酒坛老人说："牲口是兵，你是将，一个口令出去，要有威。牲口上了路，就得龙睛虎眼，它专听你的口气。你那样吆喝，一会儿它就笑了。"叶春赶忙说："不会不会，牛马还会笑啊?"酒坛老人眯上眼：

"不信我就不说了。你自己慢慢琢磨吧。日子久了，你就会看出它们也会笑——你现在还不行，你看不出来!"

叶春不吱声了。无论怎样说，她也不信它们会笑。她不做声就是了，免得惹老师傅不高兴。"这回老头子可错了"，她心里这么说。

有时候酒坛老人在车上打瞌睡，手里的鞭子松松的。她担心老人睡着了出事，但又不好意思喊醒他。人老了就没有精神，他太疲惫了。她这时就坐到大车的前边，这样有个三长两短，她帮老人一把也来得及。可是日子久了，老人常常这样，从未出事。而且她发现路上有了情况，他总是马上醒来，半点也误不了事。老人昏睡时她曾仔细端量过他：小脸儿凹凹着，眼睛眯成一线，小鼻子不大，硬硬地挺着。他的胡子不旺，有些黄，很随便地剪过几剪子。她看着看着，觉得这个老头儿十分面熟，好像很久很久以前就认识了似的。"这个人的心肯定好!"她在心里这样说。

日子久了，叶春知道了酒坛老人的家庭情况：两个儿子，一个老伴。老伴是个黑乎乎的老婆儿，小脚，总爱唠唠叨叨。叶春觉得她配不上老头子。老头子虽然是个斗鸡眼，不过说心里话，他一点也不让人讨厌。老头子的大儿子在公社窑厂烧窑；二儿子在外地当兵，已经快要复员了。她看过他的照片，那是个精神头儿很足的小伙子。可能是由于遗传的关系吧，他也稍稍有些斗鸡眼——不过很轻很轻，以至于不成其为缺陷，反而显得格外有神采了。这真是个例外的情况。

酒坛老人十分喜欢他的二儿子，时常挂在嘴上。他说等这小子复员回来就好了，家里就有了帮手了。他说大儿子不行，大儿子不孝，娶了媳妇就忘了爹娘。"千万不能让他们娶本地媳妇，本地女人有个毛病——对公婆不好。"

叶春哈哈笑着。

村子里有个叫小豁的人，四十多岁，常常来缠磨酒坛老人，说要跟老人学艺，接下他的鞭子。老人说："你眼瞎吗？没看见我有徒弟了吗？"小豁说："哪能呢！她不过是从这儿顺路过过，哪里会长久！"叶春板起脸质问："这是谁说的？我们知识青年就是要扎根一辈子！"小豁说："别闹了，你们这一伙里眼看就要走几个了，慢慢地都会走光。本来嘛，城里人变不成乡下人……"

叶春觉得事出有因，再没有与他争执。晚上她找了队长老万头问了一下。老万头半天没吭声。停了半晌他才说："事是有这么回事。上面来了招工指标，要招回城里几个工人，点名要知识青年——看来你们一个也存不下了，早晚得走光了……唉，怪可惜！"

叶春听了，没说什么。她沿着一个大场边上的杨树往前走去。她不知为什么有些难过。本来讲好了是来一辈子的——上级给他们送行时还放了鞭炮，敲锣打鼓，这边迎接的人也同样敲锣打鼓。谁知上面又变了。如果大家都不走有多好呀，如果有走的，有留的，大家心里都不会高兴——走，还是不走？她想啊想啊，想得头痛。从大杨树这头走到那头，最后终于决定找魏铭商量一下。

　　魏铭正在找叶春。他见了她就说："哎呀好找！我要走了，找你告别呢！"

　　"你走这么快？"

　　魏铭擦着汗，说："嗯。我，还有一个，不知是谁——是你吗？"

　　叶春有些生气地摇摇头："不是我！我刚来不久，刚拜了老师。我希望你也不走！"

　　魏铭的脸有些红了。他的脸突然就红了起来。他十分激动地看着叶春。半晌，他说了句：

　　"你真好看哪！"

　　"胡扯！……"

　　魏铭擦着手："我干吗哄你？真的啊！我不骗你……你真好看！"

　　"不准再胡扯！"

　　"不是！坚决不是——我快走了，我不能不把这句话告诉你……"

魏铭咬着嘴唇，像在用力忍着什么。叶春急得直跺脚。魏铭咕咕哝哝地说下去："我想你啊，真正想你。我觉得你哪里都好，连小翻毛棉帽都好——其实你知道它本来是不好的，经你一戴才变得好了。我，我不客气地讲，我热爱你！"

叶春捂了一下脸，跳了起来。"你住嘴吧，哎呀我听不下去了，住嘴你这个傻子！你要逃跑了，还说这些！"

"我可不是逃跑！"魏铭一下冷静下来。

"你离开广阔天地了，还说不是！"

"我是出去工作的，是根据上级下来的指标……我有指标，不是吗？我不是逃跑！"

魏铭急得快要哭了。

叶春叹了一口气："我们当初不是说要在农村扎根一辈子吗？你，这么快就……就要跑开，大伙儿会怎么想呢？"

魏铭慢慢抬起头来，看着叶春，久久地看着。他的胸脯一起一伏，忽然说了一句："叶春！"叶春也抬头看他。魏铭急促地说道：

"如果我们的关系能比同志更进一步，那我就不走了！"

叶春咬着嘴唇，摇着头，摇出了眼泪。

这会儿正好酒坛老人赶着车过来了，老远就喊："你们这俩孩儿在这干什么？"大车一会儿跑近了，叶春身子一纵跳上了车。

车远去了。魏铭站在那儿，两手抄在裤兜里，仰脸望着蓝天。

不久酒坛老人当兵的儿子回来了。酒坛老人高兴得不知怎么才好。他们家里一连热闹了好几天。队长老万头也高兴得合不拢嘴。这是个大喜大庆的秋天，看一地庄稼有多么旺盛！身穿黄军装的儿子一个人走在田野上，看着四周。他多么兴奋，大伙儿远远望见了他，都夸奖他是好孩子。大伙儿知道他见了庄稼，心里好喜欢。

叶春赶着车，替下酒坛老人——老人这些天真的喝醉了——年纪不饶人哪！她一个人驾车，觉得自由畅快。她慢慢把车赶到了复员军人身边，拉了车闸。小伙子转过脸来，她一眼看到了一张熟悉的脸：精神头儿十足的脸上，那双稍微有些斗鸡眼的……她突然觉得她已经跟他熟悉了很久似的。"上车吧，我带你转转。"

他们一块儿坐在车上。叶春与他没有多少话。可是叶春觉得他们在交谈不停。后来，复员军人终于问她了：

"你真的不准备离开农村了吗？"

"真的。你呢？"

"当然。这不回来了吗？"

叶春不吱声了。她的鞭子甩得很响，这是她跟师傅学的一招儿。

……

一年之后，村子里都知道叶春跟复员回来的小伙子恋爱了。他们看来准备在这个小村安家过日子了。村里的老婆婆拍着手说："人哪，怎么还不是一辈子；要紧是找个好人，是吧？是吧！"

叶春和复员兵小伙子愿意在田间散步，散步散到了杨树下就停住亲嘴。她久久地吻着小伙子，一双手抚摸着他又硬又黑的头发，说："真让人亲哪！"小伙子说："俺觉得你在亲新农村哩！"……

1976 年

槐岗

槐岗上阴乎乎的，丛林茂密，小孩子都不敢去玩。夏天里，那里也透出一股冷气。各种可怕的野物都在丛林里蹿，有人说看见这个了，有人说看见那个了。

　　反正槐岗不是个吉利地方。

　　妇女队长小狗丽要领人去槐岗上开荒种花生，把不少人吓住了。

　　"小狗丽怎么了？这是真的吗？"……大伙儿都这么问起来。

　　队长大老耕胡乱骂人，谁都怕他，他不同意小狗丽就干不成，兴许是他的主意。可是有人亲眼看见大老耕骂小狗丽。

　　怎么回事？原来是上面支部里有人支持小狗丽。哼呀，这回小狗丽可算把大老耕得罪了。她大概忘了最初是谁提拔她的了。那是一个数九寒冬，大伙儿裹紧了棉衣到沙地上搞深翻，小狗丽领着十几个妇女跳到冰凌子里泼干。大老耕见了，一竖拇指说："好样的！"这一年年底，小狗丽就是妇女队长了。

小狗丽大名叫汪美丽，可是没有一个人那样喊。她从小会唱歌，长得很细弱，声音也很小。可是她唱歌有味儿。"小狗丽唱歌了！"只要有人咋呼一句，四周的人就呼啦一下围上去，瞪着眼听。

谁也想不到这样一个病病歪歪的姑娘长那么泼辣。她小时候三天两头病，咳嗽，发烧，她爹她妈没命地跑去找医生。可是现在一眨眼也成了气候了。

妇女们都听她的，她说干什么大伙儿就干什么。这会儿她说开荒，妇女们就一块儿嚷："开荒！开荒！"

"里面有狼，不怕咬着？"大老耕说。

"不怕不怕。"

"出来个特务，你们怎么办？"

"逮了他不正好？"

大老耕没话说。不过他觉得槐岗是个风水宝地，老辈儿人就这么说。他心里的意思是别破了风水。可是这个理由可讲不得，只能存在心里。他知道村里有个花生基地也不错，是件大事。可是那需要一大批劳力去做，是一场硬仗。再说那也是冒犯了禁忌……

小狗丽准备了不少镢头、镰刀、一捆捆的绳子。那里的槐丛和荒草被刨光之后，还要将沙丘搬平，要重新整地。如果遇上大旱天怎么办？看来还要打一眼深井。她们妇女队这样决定了：把开垦槐岗的任务包下来。

为了防备有个三长两短，大老耕让她们带上自己的老土枪。

她们要吃住在槐岗上，因为那里离村子远，来来回回不方便，再说夜间还要干活儿。一群女的土里扒窝，用玉米秸子搭铺，冷汤冷水，真够她们受的啊！不过她们一溜儿支起几口大锅，做饭的专门做饭，干活的专门干活，也真有意思！

男人们隔几天就去槐岗上喊她们回去，说："孩子衣裳破了。"再不就说："家也不顾了？"女人们有的半夜跑回去，天亮前再跑回来，真辛苦啊！小狗丽批评跑来跑去的妇女，说："你们才出来几天？工作不顾了？"妇女们握住小狗丽黄黄细细的辫子，理一下说一句："你不知道过日子的难处啊！"小狗丽不管这个，命令说："不行，不请假不准回去！"大伙儿只好点头："是啦！是啦！"

工地上进度不慢。一片片的槐丛给刨掉了，堆在一块儿。

"咱这会儿有了柴禾了！"妇女们高兴地说。大家做饭时就用晒干了的槐棵。生活很好，每顿伙食都能吃上玉米饼子、咸菜、熬白菜，有时还能吃上馒头、吃上鱼。

鱼是拉网的男人们路过这里时留下的。他们背上的柳条筐里有的是鱼，跟他们说说笑笑就能拿下几条大鱼来。一条大比目鱼有二尺多长，让大伙儿一顿好吃。鱼肉儿像雪那么白，鱼皮上的小鳞一粒粒像小盐花儿。"这鱼多好呀！这才是吃鱼哩！"妇女们一边吃一边议论。小狗丽说："我们干活累了时，也去海边上帮他们拉网，那样吃鱼就多了，也不缺理。"

有人担心说："听说他们拉网不穿衣裤……"

小狗丽皱皱脑门说："不要紧。我们先让队上领导通知他们，然后……去。"

这真是好办法。就要有吃不完的大鱼了！大伙儿都争着去海边上拉网，有的干脆一扔镢头要走了。小狗丽瞪瞪眼说："那不行那不行！这得轮着去，一人三天。"

后来，真的有人去帮忙拉大网了。去的妇女兴高采烈，回来时还忍不住地笑，怀里、背上，到处都是一条一条的大鱼。她说这是那些老爷儿们给的，他们拴好大鱼往她身上挂，还说："拿去吧，拿去吧，让姊妹们好好吃一顿！"

槐岗上垦荒的女人们有了好吃物！她们煎炒烹炸，鲜鱼味儿馋得人心里痒痒的。队长大老耕有一天来检查工作，磨磨蹭蹭不走，最后还是留下来吃饭了。

玉米饼子、鲜鱼汤，还有比这再好的伙食吗？大老耕大口地吃着，一口气吃了三个大玉米饼。这还不要撑破了肚子呀？好家伙，命也不要了！小狗丽问他："不来开荒，能吃上这样的好饭吗？"大老耕连连说"不能"。大伙儿都笑。

吃过了饭，太阳暖和和，红旗在风里呼啦啦飘，大伙儿全都高兴。有的唱歌，有的跑着玩，还有的摔跤。这真是劳动的好日子，是有奔头的日子。大老耕倚在一个草铺子上晒着太阳，看着刨去了杂树的白沙土上蹦跳着的年轻妇女，咕哝了一句："真是半边天哪！"

大老耕这天直到很晚的时候才离开工地。他与妇女们并肩干活儿，光着膀子刨地，一镢头就刨下一棵小树。妇女们夸："队长的劲儿真大啊，光吹不行，劲儿真大。"队长被鼓励了，干得更欢。他小半天的工夫就干了别人一天的活儿。汗水沾了沙土，挂在大老耕的胸脯上、脖子上，他擦也不擦，穿上衣服就要走了。

临走时他对小狗丽说：

"垦出槐岗来，值得。"

他走了。他思想通了——大伙儿都知道了，所以干起活来格外有劲儿。

小狗丽在休息时指挥大家唱歌，打着拍子，还把唱歌的人分成两拨儿，搞轮唱。有的大老婆们不会唱，一唱就走了调。她们说："俺不唱。俺这不是要痴气吗？"小狗丽非要她们唱不可，还说："再不唱没有日子唱了，人活了一辈子就得有个高兴时候。"大老婆们说："俺不唱也高兴。"不管怎么，小狗丽还是要她们唱。这一来，槐岗上热闹了，又干活又有文艺活动，生活得不错。大家都说："工地上主要是伙食好，如果伙食不好，就没有意思了。"

队上常常送玉米面和地瓜来。送东西的人说:"你们这些老娘们儿,真能吃啊!"小狗丽代表大家回敬他说:"能干才能吃,你不看看俺这一伙干了多少活吗?"那个人笑着,连连点头。

一大片杂树都给清除掉了,剩下一片干净的沙土。夜晚,大家把晒干的树木点起火来,照得四周通亮。小狗丽就领人在火光里干活,说要不就糟蹋了这一堆好火。大火把不少远处的人引了来——那些打鱼的男人手里提着鱼来烧了吃,当然也分给大家一点。有的男人还帮妇女们干活,让她们歇息。真好的工地的夜晚哪,真有意思的劳动!小狗丽全身是劲儿。

在工地上来来往往,指挥大伙儿干活,不知不觉就亮了天。

奇怪的是白天干晚上干,也并不觉得累。"这是怎么回事?"有的妇女不明白地说,"俺过去在地里干活儿,半天工夫就累了。"大家也都有同感。真的,这是怎么了?"怪事啊,怪事啊!"大伙儿都嚷。后来小狗丽总结分析了一下,说主要是劳动热情高涨,一高涨,也就不累了。"'人是要有点精神的'——毛主席也这样说呀,他老人家也这样说哩!是吧!是吧!"大伙儿心服口服。

小狗丽从来没有去海边上帮助拉网,因为她要在工地上掌握全局。后来所有人都轮了一遍,有人就催促,让领导也去一次,痛快痛快。小狗丽想了想,安排了一下工作,就去了。

拉网的男人穿上小裤衩，喊着，鼓掌，说："女领导来了，欢迎哩！"他们又跺脚又拍腿，把沙土踢起老高，小狗丽沉着脸，看不惯。

　　开始干活了，小狗丽不得不学着他们那样儿，把小绳子系到腰上，再拴到主纲上。领头的喊起了号子，大伙儿就随着这号子往后用力，海里的大网一丝丝往岸上移动了。

　　号子越喊越热闹，开始词儿还干净，到后来就不太干净了。小狗丽一摔小绳儿离开了。领头的一看不好，赶紧停了号子追上她，一个劲地赔不是。小狗丽说："怎么能这样？谁是出这些词儿的人？你告诉我！"领头的说："俺说不出。"小狗丽说："怎么说不出？说不出就是你！"领头的慌了，赶紧作揖："好领导饶了俺吧，这可不是俺编的，这是老辈儿打鱼的传下来的呀……"小狗丽这才转回去。

　　继续拉网。小狗丽领人喊起了号子，她重新编了词儿："拉大网那个呼呀咳！呼呀咳！呼呀咳！使劲拽那个呼呀咳！呼呀咳！呼呀咳！永向前那个呼呀咳！呼呀咳！呼呀咳！"……大伙儿喊了一会儿，都说没有意思。后来领头的自告奋勇编了新词，一扬胳膊喊了起来。大伙儿一听，一股劲地跟上喊，震得人的耳朵响。

　　"小狗丽呀么呼呀咳！好闺女呀么呼呀咳！来拉网呀么呼呀咳！使劲干呀么呼呀咳！呼呀咳！呼呀咳！好闺女呀么呼呀咳！真好闺女呼呀咳！呼呀咳！……"

小狗丽的脸红红的，她觉得全身都烧起来了。哎呀这帮男人哪，嘴头子就是厉害。不过他们没骂人哪，他们也是好意。小狗丽不好意思跑开了，只好跟上移动的人们往前用力拉。

这一天小狗丽觉得时间过得太快太快了，好像一眨眼的工夫天就快黑了。她该回去了，领头的就让一个人搬来大鱼数十条，硬要她带上去。可是她带不动啊！有个壮汉子就自告奋勇地扛起鱼来，和她一起回工地去了。

工地上的人一天不见小狗丽，像隔了一年似的。她们都说：“俺离了领导就不行，离了领导，镢头怎么使都忘了！”

大伙儿那个笑！新带回的大鱼马上扔到锅里煮起来了，扔进姜葱、辣椒子，咕噜咕噜水响了，鲜味儿又飞得满天了。“吃大鱼啊！吃大鱼啊！吃了大鱼不睡了，干他一夜，怎么样哩？”有人建议。小狗丽拍拍手同意了。

工地上的进展越来越快，村子里的人来看了，都说了不得了，妇女们开天辟地了，从今后快没有槐岗了。他们担心那些野物没有藏身的地方了，今后会闯进村子胡窜，让大伙儿不得安生。

大老耕建议槐岗的一半留下来，一方面长木材，一方面留块林子挡挡风沙。他的这个意见很好，小狗丽报告了上级，上级也同意了。

尽管留了一半槐岗，那些野狸子啊、獾子啊，还是不高兴。它们联合起来，趁人们不注意，偷袭了妇女们的铺子，大家费了不少事积下的干鱼什么的，全被它们掠走了。妇女们火了，大嚷说："这是欺俺男人不在，不会使枪哩！非架上火枪打你这些杂种不可！非打不可。"

话是这么说，她们还是没有去惹它们。本来嘛，把人家安身的林子给刨去了一半儿，人家当然要发火的了。野鸡一天一天嘎嘎大叫，叫声刺耳，大伙儿都说那是在骂开荒的人。

夏秋过去就是冬天。冬天好冷啊！冬天里只得不停地生火。在这个冬天里睡在野外的地铺里可真是遭罪啊！男人一个一个来工地上叫人了，说："小孩他妈妈家去吧，快在外面一年了，家去吧！"小狗丽代妇女们回敬说："男子汉不来帮俺干一会儿，就知道拽后衣襟子！"男人说好好好，接上就帮她们干一会儿活。天冷得喘气都打颤，女人们用毛巾把头包了，只露出两只眼。她们跑着抬筐子，这样身上暖和。

干鱼全吃完了时，春天来了。荒野里的花儿开了时，工程也就结束了。下一场小雨，正好用来种花生了。

花生出苗了，黑乌乌一大片。后来花生越长越壮，开了黄色的小花。"啊嗬嗬！多大的一片花生地，到秋天该收多少花生啊！"过路的打鱼人都这样呼喊。

大老耕常常�着腰在花生地边上走着，望着另一半槐岗的丛林。黑乎乎的林子里，不时有嘎嘎的尖叫声。剩下的秘密全在那半片林子里了。

只要看到这片美丽的花生地，人们就会想到妇女的力量，想到一年来的苦斗，想到那个领头的小狗丽。

1976 年

紫色眉豆花

每人做事都有自己的风格。老亮头分工管菜园，总爱把眉豆架搭得高高的。

　　有个叫"小疤"的姑娘和他一块儿管菜园。

　　他们在架子下进进出出，脸上总是汗津津的。小疤穿了件好看的花衣服，上面染着一道道眉豆叶儿的绿色。她手上沾了什么，常常往裤子上擦两下。原来她穿了条粗布裤子。

　　河边姑娘讲究穿戴，主要是讲究上衣。很好的衣服，很差的裤子，从来没人觉得搭配不得当。小疤上菜园来是特意打扮过的。

　　她很漂亮。名字叫"小疤"，其实细润光洁，谁也找不出一个"疤"来。这原是一种谦虚。在芦青河两岸，凡是叫"丑妞"、"黑孩"、"傻二丫"之类的，没有一个不是伶俐秀气的。

　　七月间，夜晚也不凉快。小疤吃了饭就回菜园来了。老亮头没有老伴，只有两个儿子，一个在外地读书，一个当兵。他一个人不愿守着空空的房子，就在菜园里搭了个铺子。铺子搭得别出心裁：竖起四根高高的木柱，木柱上端扎个草铺。上下要踏木梯，他管这叫"草楼铺"。草楼铺上，夜晚迎着南风，别提有多么凉爽。

老亮头听到木梯吱嘎吱嘎响，就知道是小疤来了。他喊一声："小疤吗？"

小疤一边上，一边应声："是呀！"

一支艾草火绳握在老亮头手里，冒着长长的烟，烟味儿怪香的。小疤上了草楼铺，故意向着冒烟的地方，将鼻子蹙起来吸一下。老亮头的烟锅在黑影里一明一暗，映出一张黑黝黝的脸。他老也不说话，只望着天边那几颗星星。有几个小虫虫飞过来，在面前绕了几个圈子，又向远处飞去了。小疤问："你闻不见吗？"

"闻见什么呢？"老亮头咬住烟锅问。

"香味呀，眉豆花的，一阵一阵的。"

"一阵一阵的，我闻不见。"

老亮头磕了烟灰。他把身子倚在一侧的木柱上，疲倦地伸开一条腿。风吹过来，小疤快活地动了一下身子，使草楼铺整个地颤动了一下。老亮头瞅她一眼，依旧向天边的星星望去。停了一会儿，问道："你望不见吗？"

"望见什么呢？"小疤不解地问。

"南边的山哪，墨黑的那一长溜儿……"

"一长溜儿，我望不见。"

老亮头不做声了。

小疤低下头，两手捏弄着衣襟儿。她望老亮头一眼，突然声音低低地说："小来来走了半年多，我怪想他的……"

——小来来，老亮头的小儿子，一个中专生。

"刚走了几个月嘛，调皮东西。想他干吗！"老亮头用手揉揉胡子，粗声粗气地说。

小疤笑了："那是因为他刚走。那走了好久的，你想不？"

老亮头没有回应，眼睛一直望着南面的星空，自语似的说："他们的部队在南山里开洞。这阵儿老不来信……"

"你在说春林吗？"

"还有谁！"

小疤喃喃地："开山洞……用凿子啊？"

"炸药，铁锤，少不了也用凿子的……"

"什么时候能凿成一个山洞啊？一凿一凿的……"

"凿得成！就是一凿一凿的……"老亮头回身摊开那双被眉豆叶儿染成墨绿色的老茧手，"都是年轻人，性情拗，像春林一样，你想凿不成吗？"

"春林性情拗呀？"小疤仰起脸儿，笑眯眯地问。

老亮头不做声。他重新吹旺了火绳，点起那个烟锅儿吸起来，偏偏不说"拗"不"拗"的事儿。他大仰着脸儿，像回忆一段幸福的往事："这个孩子，八岁了还没有'腰'……"

小疤不解地仰起脸来。

"没有'腰'——全身一般粗，桶子砣一样。你说壮吧？我对他妈妈说：这孩子有筋有骨。"

小疤笑了："谁能没筋没骨呀！"

"哼，有的就是有筋无骨——软货一个……"老亮头看她一眼，接着说，"春林长到十岁，能担两块黄豆饼，扭扭扎扎送到烟田里……"

"扭扭扎扎"四个字逗乐了小疤。她把脸捂在手里，不出声地笑着。她想象着一个十岁的男孩儿，眉梢儿尖尖的，像女孩儿一样；头发黑黑的，贴紧在圆乎乎的小脑壳上；挑起东西来膀头儿一扎，一顶，耸两下扁担，然后一步一步向烟田里走去；太阳晒黑了的小腿鼓着肌肉，硬硬地抵住地面，脚，深深地陷了进去……小疤抬起头来，"吃吃"笑着问：

"他那时候有'腰'了吧？"

"有'腰'了。十岁，小伙子的身架长成了。"他使劲吸了一口烟，又吐掉，"不过，也越来越拗了。"……老亮头说着把脸转了过来，使小疤看到了一双突然变得发亮的眼睛。

"还记得那年芦青河涨水吗？"

"哪年呢？"

"你十几岁那年，就是棒子熟了掰不回来那年，门板儿不是让水漂走了吗？那会儿你该记事了，你想想。"

小疤用力地想着，终于点点头："记得，涨水了，水漫上堤来，红薯秧儿全泡了……"

老亮头笑了："三天三夜才撤水，洼地上蹦鱼，最长的半尺。家家都蒸鱼，鲜味儿走在街上都嗅得见。你也吃过。"

小疤笑着摇摇头。她大约真的不记得了。

老亮头接着说："就在撤水后的第三天，我的儿子——就是春林哪，出了个事，差点儿没把我吓死。……"

"到底什么事呢？"小疤惊奇地问。

老亮头手里捏弄着那杆烟斗。他把一直伸着的那条腿搭到铺沿上，又探头看看在夜色里变得十分模糊的眉豆架儿……几只小鸟轻轻地叫了几声，听声音它们是落在了架子上。老亮头看了一会儿夜色，重新把身子倚紧了铺柱子，继续说下去：

"那年——就是芦青河涨水那年，我包种了一片西瓜。也亏了种在一片沙顶子上，总算没被水淹掉。那西瓜也真对得起我，个个长得像米斗……你知道不，人的法儿有时真是逼出来的……

"瓜田四周尽柳行子，那些馋嘴小子成心气我，成天站在柳行里朝瓜田里嚷：'喂，吃个瓜吧？'我说：'吃瓜瓜不熟！'他们又嚷：'那就给口水喝吧，心里渴得慌。'我说：'喝水水不开！'……

"我搭了高高的草楼铺，喏，和咱坐的这个一模一样。人在高处，风凉爽快，有动静，一眼就看清了，一大片西瓜就像摆在前怀里一样……这回你该知道，为什么我就愿搭草楼铺：这法儿是早些年逼出来的……"

老亮头说到这儿打了个哈欠，又重复一句："法儿是逼出来的……"

他说着探出身子望了望，回过身来的时候，咕哝一句："月亮出来了。"

"出来了……"小疤也看到了那个黄黄的半圆。

"回去歇着吧，天不早了哩……"

小疤很不高兴："后来呢？"

"后来——后来，哎，天真的不早了哩……"

小疤走下草楼铺的时候有些失望。她没有听到什么故事。可是想到她不久就会知道春林一段有趣的事，心里还是高兴起来。

这个晚上，她睡得很甜。

天亮了，她又到眉豆架下了。露水珠溅到眼上、眉梢上，凉凉的。太阳快要升起来，霞光穿过眉豆的藤蔓，落在小疤的脸和脖子上，落在她裸露的胳膊和脚上，染上一块块美丽的红斑点。小疤觉得有趣，她伸手去捏、去搓，去轻轻地抚摸这些红斑点，老想笑。……老亮头就在一旁的架子下忙活着，不知怎么很有兴致，嘴里不闲。他说："……做什么事都得有个好帮手。早些时种山芋、南瓜，搭葫芦架，我都让春林做帮手。

他总知道你要做什么，撒籽儿，浸水，递绳头儿……有事儿我也和他商议：种子下这么深嘛，这架儿搭这么高嘛，……哎哎，做什么事都得有个好帮手啊……"

小疤故意板着脸："你只记着春林、春林！春林不是在南山里吗？你叫他回来做帮手吧！"

老亮头这才不做声。

小疤又说："你怎么就不提小来来呢？就记得春林！小来来知道了要说你偏心眼……"

老亮头咕哝着说："春林走了三年了，从没断过信。可这一个多月我没收到他一个字……"

小疤立刻变哑了……

她用力地做着活儿，做得飞快，一会儿就甩下了老亮头，一个人做到前边去了……眉豆地里真静呀，她寻个干净的土埂，默默地坐下。紫色的眉豆花一串串从头顶垂吊下来，好看极了，她伸手将一串花儿拿到脸前，嗅着，嗅到了一丝儿清香……她突然记起了自己家的小屋——那小屋孤零零的，离开村子老远，盖在一片林子的边上，很多年以前，那小屋门口的篱笆上就爬满了眉豆蔓儿，开一片紫云似的眉豆花……

那时候，晚饭后，她总要趁着一片霞光到眉豆蔓儿上捉蝈蝈。她伸手在蔓儿上轻轻地捏，捏个绿色大蝈蝈，捏进手心，捏进笼里。有时她的手指反被别的什么给捏住了，她一笑，篱笆后头就有人探出头来——一个男孩儿，眼眉粗粗的，像眉豆角儿……

　　她总嘲笑地喊他"楞冲"。她和这个"楞冲"一块儿长大，在河里逮鱼，林子里捕鸟；他们一起采黄豆芽儿、拔起一整篮的野菜……夏天，他们割草割累了，就带着一身的泥汗跑到河边上。小疤捧起河水洗着脖子、脸，洗着挽起衣袖的胳膊；"楞冲"却三两下脱净了衣服，只穿一个裤头儿，"扑哧"一声跳到河里……他上了岸，身上挂满了水珠儿，那周身的肌肤和水珠一块儿闪着光亮。有一次，小疤怔怔地看着他擦水，第一次觉得他这么魁梧、强壮，是个漂亮的大小伙子！她的心噗噗地跳着……

　　做在后头的老亮头走过来了。小疤的脸红了起来，她赶紧收回思绪，从地上站起。她把手插到了一绺眉豆叶儿里，拽下了一个胖胖的豆角……

　　整整一天，她都觉得那阳光从眉豆架儿里泻出来，总在照她的眼，耀得她都没法做活啦。这使她总去联想"楞冲"跳进去游泳的那条河，河里闪动的一片光斑，他身上那些明亮的水珠儿……

　　黑天以后，小疤又"吱嘎吱嘎"踏响了草楼铺上的木梯。

　　"昨晚我说到哪里了？对，我说我搭了个草楼铺……"老亮头依旧倚在铺柱上，在小疤的催问下，眯着眼睛说下去。他手里的火绳在南风里明一阵暗一阵，他的声音也低一阵高一阵：

"我做的是看西瓜的营生，得罪的人可真不少。我想：黑夜里出门，没准儿被谁捆走揍一顿呢！……没想到，后来出事的倒是春林……"

小疤屏住呼吸听着。

"有一天，我正在草铺上睡觉，突然被吵醒了。往下一看，老天，一帮孩子赤条条的，头发都是湿的，望着我哭、喊……我一看就知道他们在河里洗澡来的，马上想到了春林，头'嗡'的一下响起来。我问：'春林呢？没和你们一块上岸吗？'他们搓着眼：'春林，没有，他淹死了……'"

老亮头说到这儿蹲起来："我一急，不知怎么就下了铺子，不顾一切地跑呀。到了河边一看，只剩下一河筒子水了，那浪头卷起来比屋檐高……我知道完了，腿一软瘫在了岸上，两手里攥满了沙子。……"

"真的淹死了吗？"小疤站起来喊了一声。

"真的淹死了，他今天还能凿山洞吗？"

小疤醒悟地坐下来，不好意思地垂下眼睑。

老亮头接上说："我快要吓死过去，那小子倒笑着从我身后走来了，手里还拧着一件湿淋淋的短裤！我跳起来抱住了他，心想这一定是天上掉下来的孩子啦，再不就是梦……你猜也猜不到——他原来一个人离开伙伴游进去，游到河心，看到河对岸的野椿树了，就鼓着劲儿游了过去，然后，这不，返了回来！……我怎么也不信他能在这样的大浪里游个来回，可我又不能不信，小疤！……"

老亮头点上了烟锅："我惊得说不出话，他还笑。……从那会儿我就知道了两样事儿：一样，这孩子水性特别好；二样，这孩子胆量特别大。"

小疤扭着手掌，得意地看着他。她问："就这么个故事吗？"

"嗯。不。我要说后来……后来，你知道后来我不看西瓜了，去护老林子，对付那帮子偷木贼去了。那会儿离开造反的时候没有几年，乱得够劲儿，胆大贼也特别多。我打过猎，会使猎枪——可你总不能见了贼就开一枪呀，要犯人命的。"老亮头说到这儿摇摇头："我这个人就是心软，到时候下不得手的。可人家下得手。有人几次捎话儿给我听，让我到时候'让让方便'，'当心这把老骨头'——你听这是什么话……"

"春林也跟你去护林子吗？"小疤明知故问。

"他还能不去吗？我跟你讲过：我干什么都愿让春林做个帮手。……也许我不该什么事都牵上他。这使他吃了不少苦头。有时回想起来也真后悔……"

老亮头眼望着黑漆漆的夜色，声音渐渐变得沉重了。

"一个黑夜，天下着大雨，芦青河水呜噜噜地响着。林子里，风搅弄着树叶，多么古怪的声音都有。到处是折断的树枝、枯树，加上漆黑一团，胆小的人不敢在里面走。可我还是背上猎枪出去了。因为一批割好的柳木刚在河边垛起，不久就要运往龙口煤矿。这是个大宗货，难说就没有人打它的主意……"

他说着，底下传来几声响动。连小疤也听到了。

老亮头煞住话头，一边摸着鞋子一边往木梯跟前走，嘴里小声说："有人以为那是黄瓜地，黑影里想摸黄瓜吃呢！"

小疤也跟他下了草楼铺。

老亮头一着地就嚷："喂——饶了我的眉豆吧，那不是黄瓜哟！"

先是一片寂静。接着，几个黑影蹿出来，箭一般向旁边跑去了……

"这帮淘气的东西！哈哈……"老亮头哈哈大笑起来。

他们没有再上草楼铺。老亮头在地里转着，要看看架子给踢塌了没有。小疤倚在田边一棵青杨树上，大口地呼吸着清香的空气。她仰脸望一下，只见那伞一般的树冠，枝叶儿缝隙里露出了星星，一颗、两颗……她在心里数着。数着星星，她不由得又记起了林边小屋那爬满了眉豆花的篱笆，篱笆后头那棵大青杨树。那些个晚上，她不就是这样数着星星，静静地待在树下吗？

"楞冲"到老林子里去，每天傍晚总要路过这棵青杨树。他们都贴着大树站着，把手背在身后，压在树干上。"楞冲"说："真香，你总往脸上搽些什么？"她委屈地说："不是眉豆花的味儿吗？"……有一次，"楞冲"说："你家这棵树长得也真快，转眼这么粗了！"她说："你抱不过来……""楞冲"伸开那双强健的胳膊，连她和树干一块儿抱住了，高兴地大声嚷着："不能吗？不能吗？"她生气了："能就能呗，喊个什么！"……"楞冲"就再也不敢出声了……

有一个傍晚，天阴得厉害。不一会儿，那雨就下了起来。小疤心想，他今夜不会路过这儿了。可正在她这样想着的时候，有人在急促地叩着窗棂——啊，正是"楞冲"！他伏在窗前，脸色就像这晚的天空一样阴沉。他连声呼唤："小疤！小疤！……"她赶忙奔了过去。"楞冲"说："快！快！去一趟镇子，找……"说着，塞进来一个纸头，转身向雨雾中跑去……

小疤呆住了！接着，她奔出了屋子，拦住他问："出了什么事吗？"

"楞冲"点点头。

"不要紧吧？"

"谁知道！也许……""楞冲"咬了咬牙，"也许你会害怕的，可你不准哭！……"

小疤吓得马上哭了起来。但她立刻擦去了眼泪，"嗯"了一声。

"楞冲"轻轻地，但分明是命令说：

"去吧。"

小疤回头向着镇子的方向跑去了……

她跑去了，几乎是一口气跑完这十几里路程的……直到今夜，她站在这棵大青杨树下，还依稀听见自己当年踏水的脚步声……

　　"踩倒了两截儿眉豆架！"

　　老亮头往这边走过来，离得老远就喊着说。他坐在裸露出地面的一块粗树根上，用手拧着被露水湿透的裤脚说："夜里的露真大，进了眉豆地，简直像挨了雨淋……"

　　"像一场雨……"小疤此刻耳朵里好像全是雨的声音。

　　"哦，"老亮头在摸索着烟锅，"刚才的话头搁到哪儿去了？嗯嗯，我说我背着猎枪，冒着大雨出去了？……"

　　小疤点点头。

　　老亮头吹吹烟锅，说下去："也真亏了出去一趟！拐出一片柞树林子，河水离得近了，声音震着耳朵。可是我从这里面听出有'咔当、咔当'砸木头的声音！我就赶紧跑了起来——老天！一岭子柳木在河边被粗缆编成几个排子，五六个黑影儿在河边上忙活着……我真的遇上了偷木贼！"

　　"我吆喝了一声：'哪里跑！'不想那些人毫不害怕，还笑嘻嘻地围了上来。其中一个端量着我说：'噢，护林老头啊。正好你来了……'他让人把我的枪下了，然后坐下跟我说话儿。他让我帮忙把排子送到下游去，也好交个朋友。这不是一般的偷木贼，你听这口气吧！我知道他们有些怕今晚的水浪，又急着把木头运到海口装小船……让我帮他们忙吗？休想！我说：'我怕水。'他说：'怕水，不怕渔叉吗？'我看到黑影里有渔叉齿儿在闪光。但我还是咬紧牙关：'我怕水。'……他们没有办法，要把我反锁到林子的小茅屋里……"

"啊，反锁到小茅屋里！"小疤吃惊地喊了一声。

"春林正在茅屋里。路上我寻思着怎么才能让他跑掉。我知道坏家伙们见了非拉他下河不可……离小茅屋还有老远，我就故意提起嗓门说话。我想他听到会逃的……屋里，春林果然不在，我才放下心来……他们把我反锁在屋里了。我从窗子上望着他们，心想，今夜的河水能吞了他们才好！……正这样想着，春林不知从哪儿转了回来！

"我的心立刻'噗噗'跳起来。他拦住他们说：'让我下河去送你们吧！'

"我在屋里喊：'春林，你不能去！……'我知道他不会乖乖地送，这个拗性子是要在河道里整治他们呢！可你一个人敌得了吗？落在他们手里，就别想活着回来！……我圆睁着两眼，隔着窗户呵斥他：'你这个发了昏的崽子，你给我站住！'……

"他没有说话，就像没有听到我在喊他一样。我只看见他在和他们比划着什么，点点头，就要随着去了。

"我大概一辈子也没有这么气过、恼恨过。我喊着，狠狠地击打着窗棂，那手都流下血来……这个拗小子呀，这时候才算停了步子。他原地不动站在那儿，只重重地瞥了我一眼，然后就转身走了……

"小疤，你不知道他当时那眼神儿！那一瞥呀，我借着闪电看得一清二楚：愤愤的，狠狠的，像锥子直戳过来。我知道他恨死了我。他是恨我阻拦他，恨我胆小、不配做个护林员吗？……我这一辈子也忘不了他那眼神儿的。不该拦着他吗？直到今天，我也不知道那晚上该不该阻拦他……他走了，一直走了，再也没有转身看我一眼。他大约觉得自己不会死，还要回来看我的……"

老亮头长长叹息一声："往后的事，村里人都知道，你当然也知道了：镇武装部赵部长领的一帮民兵不知怎么得信赶来，坏人全被如数捉了起来。春林呢？到处找不见，后来是在一片淤滩上发现的，昏躺着，身子全是一片血，数一数，有十八处渔叉扎伤……"

"十八处……扎伤！"小疤的声音颤颤的。

"人们找来最好的医生，把他当个英雄那样抢救。是啊，要不是他凭着一身好水性，在河浪里跟坏人斗劲儿，民兵在下游拦也来不及了……救是救下来了，可是落了一身伤疤。我早说过他是个拗性子的。在手术室里，我亲眼见医生给他整那血淋淋的身子，他咬着牙关，吭都不吭一声！……记得征兵那年，一个领兵的排长见了这一身伤疤，皱着眉头不敢要。镇武装部赵部长，就是领上民兵抓坏人的那个，气得抖动着手掌喊叫：'你知道这伤是怎么落下的吗？你有眼不识泰山，领兵不领硬汉子……'"

听到这儿，小疤的两眼闪出了兴奋的光。她不知是赞许还是责备，说道："当了兵就再也不回来。三年了，不想你，也不想小来来吗？"

"我跟你说过，他们忙着凿一个洞子，一凿一凿的……"

"一凿一凿的……来信了吗？"

"早些时候来的……"

小疤默默地蹲在了地上，用手划着什么。树上的一滴露水落下来，她伸手抹了一下脸。停了好长时间，她说：

"总也不来信，怎么回事呢？"

老亮头声音低低的，有些艰涩："一个多月了，没收到信。以前从不这样的……"

小疤默默地站起来。她仰着脸，又望到了从枝丫间露出的星星。啊，一颗，两颗……

天亮后，小疤和老亮头一块儿整治昨夜被踏倒的那几处眉豆架。

他们低头忙着活计，不声不响。老亮头不知怎么有些心烦。休息的时候，他吸着烟说："人哪！这东西也真怪。三年了，不见面行，一个月不通信就不行。"

小疤点了点头……

不久的一个早上，他们正在田里做活，两个军人和村支书一块儿进了菜园。他们是找老亮头的。他们在草楼铺下谈了一会儿，然后又一块儿走出了菜园……老亮头回来的时候，换了一身好点的衣服，对小疤说：

"我要去看看春林，随这两个兵一起……"

"这么忙呀？"小疤一下子紧张起来。

老亮头扭过头去，没有做声。

"你等不来信，急了吗？"

"嗯。"老亮头抬腿走了。刚迈出两步又回身嘱咐："等眉豆蔓爬上了大架角，要使大水浇……"

小疤点点头……她盯着老人的身影消失在一排子杨树后头，不知怎么心里一阵慌促。她再也无心站在菜园里了，于是就跑到了路口上。"会出什么事呢？"她心里这样问着向前走去……村子里，车开走了，那两个兵和老亮头全不见了。她说肯定"出事了"，急切地问着支书，摇着他的肩膀。支书表情严肃，坚决地否认说："没，老亮头是顺路搭车……"

小疤这才稍微放心了一些。

一天又一天过去了。眉豆蔓儿慢慢爬上了大架角。最密的一茬花儿打着苞。她遵照老亮头的嘱咐，给菜园满满地灌了一次大水……晚上，她像老亮头那样睡在草楼铺上，也像他那样，入睡前遥望着天边那一溜儿墨黑的大山……

一个晚上，小疤刚上了草楼铺不久，那木梯又"吱嘎吱嘎"响了起来——老亮头回来了！

小疤不太相信自己的眼睛。她又惊又喜，差点儿跳起来，

第一句话就问：

"春林好吧?"

老亮头点点头坐下，然后低沉着嗓子说："他立了一等功。"

"啊!"小疤掩上了嘴巴。她激动得喘息起来。停了会儿，她口吃似的说："一等功，就忘了……家里人呀!"

"他没忘。"

"还没忘!"小疤噘起了嘴巴。

"他……"老人燃着了烟锅，在黑影里直盯着小疤的脸。停了会儿，他蹲起来，离她很近地看着。他问："小疤，我跟你说春林他们在干什么哩?"

"开一个山洞……"

"是啊，开一个山洞。炸药，锤子，有时也用凿子。一凿一凿的，人们凿了它五年了。五年里它都是乖乖的。……想不到，它上个月里发了脾气，轰隆隆塌下一截儿。春林是个班长，紧要时候他抢了上去。同班的五个战士就活着出来了，他自己把腿伤了……"

"伤了哪儿? 重吗?"小疤猛地站起来。

"分不出哪儿，医生就把它割去了……"

小疤呆住了，身子一晃，倒在了老人身上。她哭了起来。

老亮头不知什么时候咬破了嘴里的烟管。他把那只粗粗的大手按在她抽动的肩头上。他声音低缓地说："……我见到春林，也像你一样大哭起来，扑在他剩下的那一条腿上……他对我说：'爸，你看，你儿子没做亏本的事：一条腿换回五条命，还不值得吗？……'后来，后来我也就不哭了。"

"你心硬！"小疤恨恨地说。

"嗯，我心硬……"

她抬起头来的时候，看到老亮头鼻子两旁有两道晶亮的泪。她伏在他怀里，无声地哭着，泪水打湿了老人的一片衣衫……她抬头哽咽着说："伯伯，我们对不起你，一直瞒着你。我……我给春林起过外号，叫他'楞冲'……"

老亮头淡淡地笑了笑："春林这次什么都告诉我了……"

"啊！春林………'楞冲'！"小疤把食指咬在嘴里，怔怔地望着南边的天际，望着在淡淡夜色里那一溜儿长长的山影……风起了，眉豆叶儿发出一片细碎的低语。

……

由于水的滋润，眉豆蔓儿缠上架角，一齐伸开了新的叶片，那顶在藤蔓儿一端的密密小花，一夜间开放了！嗬，紫紫的一片，如铺开的一层锦云。淡淡的清香诱来无数蜂蝶，它们在架子间飞动着，嬉闹着……眉豆花！眉豆花！它每一朵都很小很小，可聚齐了，开放了，原来是这样美丽……小疤一个人站在菜园的一角，细细地端量着。

她今天就要去看望她的"楞冲"了。她站在那儿想：见面先说些什么呢？三年没见了。说他的腿吗？不，先不说这个……还是说说眉豆花吧！该这样问他："你还记得它的颜色吗？"哦，紫的。是啊，紫的，一种多么让人迷恋的颜色啊！……

1982 年 7 月写于济南

一潭清水

海滩上的沙子是白的，中午的太阳烤热了它，它再烤小草、瓜秧和人。西瓜田里什么都懒洋洋的，瓜叶儿蔫蔫地垂下来；西瓜因为有秧子牵住，也只得昏昏欲睡地躺在地垄里。两个看瓜的老头脾气不一样：老六哥躺在草铺的凉席上凉快，徐宝册却偏偏愿在中午的瓜地里走走、看看。徐宝册个子矮矮的，身子很粗，裸露的皮肤都是黑红色的，只穿了条黑绸布镶白腰的半长裤子，没有腰带，将白腰儿挽个疙瘩。他看着西瓜，那模样儿倒像在端量睡熟的孩子的脑壳，老是在笑。他有时弯腰拍一拍西瓜，有时伸脚给瓜根堆压上一些沙土。白沙子可真够热的了，徐宝册赤脚走下来，被烙了一路。这种烙法谁也受不了的，大约芦青河两岸只有他一个人将此当成一种享受。

　　一阵徐徐的南风从槐林里吹过来。徐宝册笑眯眯地仰起头来，舒服得不得了。槐林就在瓜田的南边，墨绿一片，深不见底，那风就从林子深处涌来，是它蓄成的一股凉气。徐宝册看了一会儿林子，突然厌烦地哼了一声。他并不十分需要这片林子，他又不怕热。倒是那林子时常藏下一两个瓜贼，给他带来好多麻烦。那树林子摇啊摇啊，谁也不敢说现在的树荫下就一定没躺个瓜贼！

种瓜人害怕瓜贼哪行！徐宝册对付瓜贼从来都是有办法的，而老六哥却往往不以为然。白天，徐宝册只这么在热沙上遛一趟，谁也不敢挨近瓜田，而老六哥却倒在铺子上睡大觉。如果是月黑头，瓜贼们从槐林里摸出来，东蹲一个，西蹲一个，和一簇簇的树棵子混到一起，趁机抱上个西瓜就走，事情就要麻烦一些。有一次徐宝册火了，拿起装满了火药的猎枪，轰的一声打出去……天亮了，徐宝册和老六哥沿着田边捡回几十个大西瓜，那全是瓜贼慌乱之中扔掉的。老六哥抱怨地说："何必当真呢？偷就让他偷去，反正都是大家的，偷完了咱们不轻闲？你放那一枪，没伤人还好，要是伤着个把人，你还能逃了蹲公安局？"宝册只是笑笑说："我打枪时，把枪口抬高了半尺呢！嘿，威风都是打出来的……"

一些赶海人都知道，老六哥的确是个大方人，所以常在瓜铺里歇脚。每逢这时，宝册由不得也要和他一样大方。有一次他烧开了一桶桑叶子水端上来，被一个满脸胡子的海上老大提起来泼到了沙土上。老六哥哈哈大笑着，便到瓜田里摘瓜去了。他一个腋下夹着一个熟透的西瓜，仍然哈哈大笑说："反正都是集体的瓜，吃就吃吧，只要不在夜里偷就行。"宝册也来了一句："人家把开水泼了，咱就乖乖地摘来瓜，威风都是泼出来的！"说完也哈哈大笑起来。他接过老六哥腋下的一个花皮大西瓜，顶在圆圆的肚子上，转回身子，来到一块案板前，放手摔下去。西瓜脆生生地裂成几块儿，红色的瓜瓤儿肉一般鲜，赶海的每人抢一块吃起来。

有个叫小林法的十二三岁的孩子常来瓜铺子里。这孩子长得奇怪：身子乌黑，很细很长，一屈一弯又很柔软，活像海里的一条鳝。他每次都是从北边的海上来，刚洗完海澡，只穿一条裤头儿，衣服搭在手臂上，赤裸的身子上挂着一朵又一朵泛白的盐花。盐水使他周身的皮肤都绷紧起来，脸皮也绷着，一双黑黑的眼睛显得又圆又大，就连嘴唇也翻得重一些，上边还有几道干裂的白纹。滚热的沙子烙痛了他的脚，他踮起脚尖，一跛一跛地走过来，嘴里轻轻叫唤着："嗦！嗦！嗦嗦……"

徐宝册一看到他这个样子就不禁乐了起来，躺在铺子里幸灾乐祸地喊着："小林法！小林法！快来……"他还常常跑上几步，把小林法拦在铺子外边，故意把他掀倒在地上，让沙子炙他赤裸的身子。小林法"哎哟哎哟"地叫着，在沙子上翻动着，笑着，骂着……徐宝册把自己的一只脚扳到膝盖上，指点着那坚硬的茧皮说："你的功夫不到，你看我，烙得动吗？"

小林法到了铺子里，就像到了自己家里一样。他躺在凉席上，两脚却要搭在宝册又滑又凉的后背上，舒服得不知怎么才好。宝册常拿起烟锅捅进他的嘴里，他就闭上眼睛吸一口，呛得大声咳嗽起来。老六哥在一旁对小林法说："嘿，不中用！我像你这么大已经叼了三年烟锅了！"小林法这时候就把脚从宝册的后背上抽下来，蹬老六哥一脚说："你中用，敢跟我到海里走一趟吗？我到哪你到哪，敢吗？"老六哥不吱声了。他当然不敢的：小林法长得像条鳝，水里功夫也是像条鳝的。

小林法在铺子里玩不了一会儿，就嚷着要吃西瓜。只是在这个时候，徐宝册和老六哥的意见才是完全一致的，二人毫不犹豫地起身到瓜田里，每人抱回一个顶大的西瓜来。小林法很快吃掉一个，又慢悠悠地去吃另一个……他的肚子圆起来时，就挪步走出铺子，往瓜地当心那里走去了。

那里有一潭清水。

那潭清水是掘来浇西瓜的。平展展的水面上，微风吹起一条条好看的波纹。潭水湛清，潭中的水草、白沙都看得一清二楚。这实在是一个可爱的水潭。小林法常在这儿游上几圈，洗去身上的盐水沫儿。徐宝册和老六哥笑眯眯地蹲在潭边上，看着他戏水。

小林法就像是水里生的、水里长的一样，游到水里，远远望去，还以为他是条大鱼呢。他不怎么吸气，只在水里钻，一会儿偏着身子，一会儿仰着胸脯，两手像两个鳍，一翻一翻，身子扭动着，有时他兴劲上来，又像一只海豚那样横冲直撞，搅得水潭一片白浪，水花直溅到潭边两个老人的身上。

他从水中出来，圆圆的肚子消下去了，又重新吃起西瓜，直到只剩下一块块瓜皮。老六哥说："你真是个'瓜魔'！"徐宝册点点头："瓜魔！瓜魔！"

日子长了，他们仿佛忘记了小林法的名字，只叫他"瓜魔"了。

瓜魔原来是个收养在叔父家里的孤儿。他对读书并没有多少兴趣，叔父对管教他也没有多少兴趣，他从五六岁起就在大海滩上游荡了。他在瓜田，绝对没有白吃西瓜，他常常帮着给瓜浇水、打冒杈，一边做活一边笑，在太阳底下一做就是半天。徐宝册疼他，喊他进草铺里歇一歇，老六哥却总是吸一口烟，笑眯眯地望他一眼说："让他做嘛！用瓜喂出来的一个好劳力嘛！"瓜魔实在做累了，就到海里去玩，回来时总在身后藏两条鱼，还都是少见的大鱼哩。两个老人怎么也弄不明白，他一个小小的孩子两手空空，怎么就能捉住那么大的鱼？不过也从不去问，因为他们觉得瓜魔也和一条很大的鱼差不多，"大鱼"逮条"小鱼"，大概总不难吧？两个人自己起灶，把鱼做成鲜美的鱼汤、鱼丸子、鱼水饺。有时瓜魔带来几个螃蟹，还有时带来几个乌鱼、八腿蛸、海螺、海蚬子……应有尽有。有一次他们吃过饭之后，问瓜魔怎么逮住了那条鱼，像腰带一样、细细的长长的那条？瓜魔说："捡条粗铁丝就行。这鱼老爱往岸边游，你瞅准它，一下子抽过去，就被抽成两截了，百发百中的！"两个老头儿笑了，嘴里学他一句："百发百中的！"

瓜魔隔不了几天就要来一次，徐宝册和老六哥吃不完他的鱼，就用柳条儿穿了晒鱼干。这个小小的瓜铺就像磁石一样吸引着瓜魔，因为他一来，徐宝册和老六哥总乐于为他摘最大的西瓜。他们对这么个瘦小的孩子能一气吃下那么多西瓜，开始觉得奇怪，后来倒觉得有趣了，来少了就念叨他。

这天，太阳偏西的时候，瓜魔又来了。入夜，他破例留下来，就睡在这铺子上。徐宝册没有娶过老婆，当然也没有儿子逗，半夜里常要伸手去摸摸瓜魔那热乎乎的肚子，觉得是一大快事。他想象着如果早几年结婚，有个儿子如今也该这般大了。他和老六哥是轮流睡的，要有一个为瓜田守夜。该他守夜时，他就把瓜魔叫醒，两人一起到地边上支起小锅煮东西吃。东西都是瓜魔出去找来的，无非是些刚长成小纽的地瓜、鼓成水泡仁的花生……这些东西撒上盐末煮一煮，味道都是极鲜的。

海风送过来一阵阵腥味儿。夜气很重，他们坐在火堆边上，衣服还是有些潮湿。空中的星星又密又亮，他们都觉得这会儿离星星近了许多。海潮的声音永无休止，虽是淡远的，但远比水浪拍岸深沉，那是硕大无边的海和整个地球岩石磨擦的声音。在这幽深的夜里，它和高空眨动的星光、远方林涛的振响一起，组成一个极为神秘的世界。芦青河在连夜急匆匆地奔向大海，那声音嘹亮而昂扬，不断安慰和鼓励着守夜的人们。

瓜魔斜倚在徐宝册的身上，看着远处升起的半个月亮。他突然说："宝册叔，我明年也跟你们来干吧！我喜欢这个活儿，晚上不会瞌睡……"

徐宝册从铁锅里捞出一块地瓜纽儿填到嘴里嚼着，摇摇头。

"怎么呢？"

"你该到海上学拉网，那才叫有出息！等你老了，年纪像我们差不多时，再来吧。"

瓜魔沉默着。从海岸隐隐传来拉夜网的号子声，他倾听了一阵，说："我去要几条鱼来煮上！"

瓜魔去了，提来几条鲅鱼煮到了锅里。徐宝册又点上了烟锅，吸了几口，说："讲点故事吧……"

铁锅下的木炭响了一声。瓜魔说："你讲吧，你是老人，老人十个里面有八个装了说不完的故事。"

徐宝册把那条又宽又肥的半长裤子提了提，说："那一年上，我种了棵南瓜，就种在屋后头。最后你猜怎么了？生出了一窝地瓜。"

瓜魔笑得肚子都疼了。他嚷着："我有一年种了一棵苞米，到头来你猜呢？生出一棵蓖麻！"

"胡说！"徐宝册严厉地打断他的话，磕掉了烟灰，"你胡乱编排些什么！"

瓜魔说："你不也是胡乱编排吗？"

"我不是，"徐宝册摇摇头，"我邻居家的孩子给我偷着埋下了地瓜呀……你看，是这样的。"

瓜魔无声地笑了。他把身子滚动一下，挨近一棵西瓜，摘下一个瓜来。他吃着瓜说："我想起一个故事来——这可不是编的，一点不是，是我亲眼看见的。那一年芦青河涨水，听人说河里的鱼多极了。好多人都鼓动我进河捉鱼去。我那几年就愿睡觉，头一碰着什么就粘上了，再也不愿抬起来……"

"小孩子都这样的。"徐宝册也掰了一块西瓜，咬了一口说。

"也不都这样。恐怕这是种毛病——我叔叔就说这是种毛病的。"瓜魔这时候不吃瓜了，一只手撑着地，半挺着身子讲他的故事了，"那一天大雾，芦青河就笼在一片灰白色的雾里。哎呀，好大的雾呀，我从家里走到河边上，衣服就湿了……河里这天没有多少人捉鱼，他们都怕雾呀，怕在对面不见人的时候被水里的妖怪拖进水里去。我倒不怕，直顺着水游下去，就在河口那儿的一片大水湾里停住了……"

徐宝册一直眯着眼睛，这时睁开眼插一句："是那片在三伏天也冰凉的水湾吗？"

瓜魔点点头："嗯。"

徐宝册重新眯上了眼睛："那里面听说有不少鳖哩。"

瓜魔摇摇头："我在那儿捉到一条很大的鱼——它用鳍把我的小腿肚儿划开一道口子，惹恼了我，我用拳头砸了一下它的脑袋，它才显得老实了。我像抱个小孩儿一样把它抱上岸来，它直拱动，老想再回到河里去。我就紧紧抱着它……后来走在路上，累了歇息的时候，我就搂着这条鱼睡去了。醒来一看，鱼不见了，肚子上只沾了几片鱼鳞……"

"哪去了呢？"徐宝册蹲起身子，惊讶地问。

瓜魔揉揉眼睛："谁知道！到现在我也不知道。只是第二天我到龙口街上赶集，看见一个小姑娘卖一条鱼，越看，那鱼越像我捉的那条……"

徐宝册不做声了。他开始吸那杆烟锅。

瓜魔讲到这儿像是疲倦了，身子一仰躺了下来。他又伸手去拿起一块吃剩的瓜，放在嘴里吮着，并不咬，两眼一直望着那布满星星的天空。

蝈蝈儿在瓜垄里叫了起来。各种小虫儿也用千奇百怪的声音应和着。铁锅往外噗噗地冒着气，鱼的香味儿很浓了。徐宝册起身把铁锅端下火来。

一个人迈着拖拖拉拉的步子走过来，走到近前才看出是老六哥。他不做声，蹲在了火堆旁，怕冷似的烘了烘手。他看到那一片片瓜皮，就伸手在瓜魔的肚子上捅一下说："真是个瓜魔！"

他们三个人一块儿将鱼吃了。这是一顿很丰盛的，也是一顿很平常的夜餐……

第二天，徐宝册和老六哥摘下了堆得像小山一样的西瓜，叫队上的拖拉机拉走了。搬弄瓜的时候，他们发现一个黑皮上带有花白点的大个儿西瓜，立刻就挑拣出来，藏到了铺子下边。他们记得去年就有这样的一个瓜，切开皮儿就有股香味扑出来，咬一口，甜得全身都要酥了。徐宝册说："留着瓜魔来一块儿吃吧。"老六哥点点头："一块儿吃。"

一连两天瓜魔没有来。西瓜从铺子下滚出来，徐宝册用脚把它推进去，说："瓜魔这东西把我们两个老头子给忘了。"老六哥说："瓜魔能忘了我们老头子，可他忘不了瓜！"徐宝册点点头："也忘不了海——这小东西，简直是鱼变的！这小子该到海上学打鱼。他原想以后跟我们来做营生呢……"

老六哥听到最末一句想起个事情。他说："听人讲，村里的土地以后都要搞责任承包了——还没讲瓜田承包不承包呢。"

徐宝册笑笑："承包怕什么？承包不就是咱俩的事了？别人也不敢揽这瓜田——这得有手艺呢！"

老六哥点点头："就是呀，我讲的意思，也就是到时候咱俩瞪起眼睛来，可不能让别人承包走了。"

天气出奇的热，傍晌午的时候，瓜魔胳膊上搭着衣服从海上来了。徐宝册坐在铺子上，老远就瞅见了，兴奋地吆喝着："嘿，你这小子！这几天跑哪去了？"

瓜魔仰着脸儿走过来，似笑非笑地眯着眼睛，身子晃晃荡荡的，像喝醉了酒。他唱着什么歌儿，一扭一扭走过来，躺在了铺子上。他喊着："吃瓜吃瓜！"

120

"这个瓜魔！"徐宝册招呼一下田里的老六哥，从铺子下边滚出了那个大西瓜，……真快意呀！谁吃过这样的西瓜呢？瓜魔兴奋得在铺子上打了几个滚儿，然后才到那潭清水里洗澡去了。徐宝册和老六哥也到瓜田里做活，路过水潭，每人顺便抓起一把沙子扬了进去，使得瓜魔在里面骂了一句。

村子里来人告诉徐宝册和老六哥，晚上要开会商量责任田承包的事，让他们去一个开会。

这个消息使两个看瓜的老头子整整兴奋了半天。徐宝册要去开会，老六哥不同意，说："你这个人关键时候话来得慢，我不放心。我去算了。"争执的结果，决定由老六哥去参加。

徐宝册觉得这事情不比一般，很需要运用一番自己的智慧。他想了好多，都想对老六哥嘱咐一遍，这使得老六哥都有些腻烦了。徐宝册打着冒权，说："比如这冒权吧，不比往年长那么旺——这是瓜秧不壮啊！不错，化肥也使了不少，可天旱，也只得不停地浇。结果呢？肥料都给冲到地下去了……这些，你都得跟领导说，让他们知道承包下来也不是便宜的事。"

老六哥听了暗暗发笑，徐宝册想到的他全想到了，他只不过将什么都藏在心里罢了。他觉得，今天手腕子也好像比过去强劲了些。他像囹圄吞下了一个大西瓜，心里老觉得沉甸甸的。他步量了一遍瓜田，又在靠近槐林的地边停住了步子。他想：如果承包下来，就是和自己的瓜田一样了，那么，这儿最好能架起一排荆棘篱笆，挡住那些瓜贼……

傍晚老六哥回村开会去了，半夜时分才回来。

老六哥笑模笑样的，这使徐宝册的心一下子放了下来。他问："六哥，承包给咱们了吧？"

老六哥点点头："不承包给咱们，谁敢揽这技术活儿？我一发话，会上没说二话的。没跟你商量，我就代你在合同上按了手印。我早算准了，咱们年底每人少说也能赚它五百块钱！"

"哎呀！哎呀！"徐宝册上前搂住了老六哥的腰，呼喊着，捶打着，说："瓜魔算'魔'吗？你才算'魔'！你这家伙鬼精明，你掐一掐手指骨节，计谋就来了。行啊，亏了这回承包！新政策是谁定的？我老宝册要找到他，敬他一杯大曲酒！"

老六哥搬来小铁锅，找来一条干鱼，放在里面煮上了。两人坐在一块儿吸着烟锅，谁也不想先去睡觉。老六哥吸着烟，伸出手捏住徐宝册的半长黑裤，拉了两下说："看看吧！多丑的一条裤子……"徐宝册满脸愠怒地斜了他一眼，把他的手扳掉。老六哥笑吟吟地说："这都是没有老婆的过。有老婆，她早给你做条好裤子了。"徐宝册的脸有些烧起来，只顾一口接一口地吸烟。老六哥又说："今年卖了瓜，赚来钱，先去娶个老婆来！你总不能一个人老死在屋里吧……"徐宝册抬头望着远处月光下那片黑黝黝的槐林，嗫嚅道："也……不一定……"

"哈哈哈哈……"老六哥听了大笑起来。

徐宝册也笑起来，这笑声直传出老远，在夜空里回荡着，最后消失在那片槐林里了。

天亮了，他们立即着手在靠近槐林处架荆棘篱笆了。瓜魔来了，就忙着为他们砍荆棵子……徐宝册告诉瓜魔：瓜田承包下来了，这片西瓜就和自己的差不多了。瓜魔听了乐得不知怎么才好。老六哥低头绑着篱笆，这时回头瞅了瓜魔一眼，没有吱声。瓜魔于是走到他的身后，在他的腰上轻轻按了一下。老六哥突然抛了手里的东西，瞪起眼睛喝道："你小子打人没轻重，乱戳个什么！"

老六哥的样子怪吓人的，瓜魔吃了一惊，往后蹦开了一步。

徐宝册很惊奇地望望老六哥的腰，说："就那么不禁戳吗？"

老六哥没有吱声，只是涨红着脸低头做活。

三个人整整用了一上午的时间才架好篱笆。午饭做的鱼丸子、玉米面锅贴儿，瓜魔只吃了很少一点，就躺到铺子上去了，仰着脸，扭动着。他嘴里哼唱着，一边把脚搭在徐宝册光滑的脊背上。老六哥一直皱着眉头吸烟，这时一转脸看到了，说："真是贱东西！他整天做活累得不行，你还要把脚搭在他背上！真是贱东西！"瓜魔在过去总要把脚挪到他背上的，可是这回看到他阴沉沉的脸色，就无声地把脚放在了铺子上。

吃完饭后，照例要吃西瓜了。徐宝册见老六哥不愿动弹，就自己到田里摘来两个。可是吃瓜时，老六哥只是吸烟……瓜魔离开以后，徐宝册扳过老六哥的膀子问：

"六哥，你身上有些不对劲儿？"

老六哥只是吸烟。

"你不吱声我也知道。你掐一掐手指骨节就生出来的计谋，我都知道！你心里想心事，嘴上只是不说！"徐宝册盯着他的脸，硬硬地说。

老六哥磕打着烟锅，板着脸，慢声慢气地说："瓜魔不能多招惹的，他不是个正经孩子。"

徐宝册哼一声，扭过头去说："瓜魔是个好孩子！"

"你看看吧，"老六哥往瓜魔常来的那个方向指点一下说，"正经孩子有他那个样儿吗？黑溜溜像铁做的，钻到水里又像鱼，吃起瓜来泼狠泼愣！"

徐宝册气愤地将卷在膝盖上的裤脚推下去，站起来说："你有话就直说，用不着这么转弯抹角的。瓜魔一个孩子又碍了你什么！哎哎，你真是变成'魔'了！"

这是他们最不愉快的一次。这一天，他们简直没有说上几句话，只顾各忙自己的事情了。

以后瓜魔来到，老六哥总是离他远远地坐着。瓜魔带来的鱼，他似乎也不感兴趣了。瓜魔到水潭里洗澡，也只有徐宝册一个人跟去看了。徐宝册背着瓜魔对老六哥说："六哥，你心胸窄哩！你不像个做大事情的人！"老六哥顶撞一句："我也没见你做成什么大事情！"

瓜魔不知多少天没来了，徐宝册常常往大海那边张望。

可他除了看到远处海岸上那一长溜儿活动的拉网的人之外，几乎没有看到别的。夜里，他一个人烧起小铁锅，或者一个人走在瓜田里，总觉得少了些什么。

一天早上醒来，他对老六哥说："昨夜我刚睡下，就梦见瓜魔来了，蹲在瓜田南边，就是篱笆那儿，和我煮一锅鱼汤。"

老六哥点点头："煮吧。"

徐宝册眼神愣怔怔地望着篱笆说："煮好以后，我梦见他跟我要烟锅，我没给他。"

"你该给他！"老六哥讪笑着说。

"我没有给他。"徐宝册摇摇头，"我梦见他好像生了气，说再也不来了……"

老六哥嘴角上挂了一丝讥讽的笑容。

又有一天，徐宝册正给瓜浇水，一抬头看到海边上有个人在向这边遥望，那身影儿很像是瓜魔。他抛了手里的水桶，上前几步喊道：

"瓜魔呀？是你这小子！你怎么不过来呀？瓜魔——瓜魔——"

那是瓜魔，徐宝册越看越认得准了，于是就一声连一声地喊他，用手比划着让他过来。可是瓜魔无动于衷地站在那儿，望了一会儿，就晃晃荡荡地走开了……徐宝册愣愣地站在那儿，两手紧紧地揪着自己肥大的裤腿。

老六哥对他说："你再不要喊那东西了——他是再也不会

来了。有一次你不在，他坐在铺子上吃瓜，吃下一个还要吃，我阻止了他。这小子一气走了。"

徐宝册听着，啊了一声，瞪大眼珠子盯着老六哥。

老六哥有些慌促地挪动了一下身子，避开对方的眼睛。

徐宝册却只是盯着他……停了一会儿，徐宝册寻了一个最大的西瓜，顶在肚皮上抱回铺子，对准那个案板，狠狠地摔下去。西瓜碎成一块一块，他两手颤抖着拢到一起，捧起一块吃着，瓜瓤儿涂了一腮。吃过瓜，他就躺在凉席上睡着了。

老六哥把这一切看在眼里，不敢说上一句话。

徐宝册醒来后，老六哥坐在他的近前。徐宝册眼望着北边的海岸线说："我早就知道你是舍不得那几个瓜！你要发一笔狠财，你不说我也知道！瓜魔平日里帮瓜田做了多少活儿？送来多少鱼？你也全不顾了……"

当天下午，徐宝册就到海上寻找瓜魔去了。

瓜魔在海里。他爬上海岸，坐在徐宝册的身旁哭了。眼泪刚一流下来，他就伸出那只瘦瘦的、黑黑的手掌抹去，不吱一声。徐宝册要他再到铺子里去，他摇摇头，神情十分坚决。最后，老头子长叹了一声，走开了。

两个老头子还像过去一样，每天给瓜浇水、打杈子；晚上，还像过去那样给瓜田守夜……可是，他们不再高声谈论什么，也不再笑。徐宝册无精打采，他觉得自己突然变得没有力气了……终于有一天他对老六哥说：

"六哥！我忍了好多天了，我今天要跟你说：我不想在瓜田里做下去了。你另找一个搭档吧。真的，开始我忍着，可是以后我不能再忍了。咱俩在一起种了多年瓜，我今天离去对不起你哩，你多担待吧！"

老六哥惊疑地咬住嘴里的烟锅，转着圈儿看徐宝册，说："你，你疯了……"

徐宝册说："我真的要走，今天就回村里去。"

老六哥这才知道他是下了决心了，有些失望地蹲在了地上。

徐宝册说："还是李玉和说得好：'我们是两股道上跑的车，走的不是一条路啊！'……"

老六哥声音颤颤地说："什么时候了，还有心去说这些！"他洒下了两滴浑浊的眼泪……突然，他站起来，低着头，只把手一挥说："走吧，宝册，有难处再来找你老哥我！"

徐宝册离去了。半月之后，他重新与别人合包下一片海滩葡萄园，到园里看葡萄去了……瓜魔又常常去园里找他玩，两人像过去那样睡在草铺子里，半夜点火烧起鱼汤……

一个晚上，他们仰脸躺在草铺里，瓜魔又把脚搭在了徐宝册光滑的后背上。他用那沙沙的嗓子唱着什么，声音越来越轻，终于一声不响了。停了一会儿，他对徐宝册说："我真想那个瓜田……"

徐宝册笑笑："你想吃瓜了？瓜魔！"

瓜魔坐起来，望着迷茫的星空，执拗地摇摇头："我是想那潭清水……真的，那潭清水！"

徐宝册没有做声。

这是个清凉的夜晚，风吹在葡萄架上，刷刷地响……徐宝册声音低缓地自语道："葡萄也需要个水潭呢，我想在这儿动手挖一个……"

瓜魔的眼睛一亮："那水潭不是好多人才挖成的吗？我们能行？"

徐宝册点点头。

瓜魔笑了："我真想那潭清水……"

一个早晨，一老一少真的找块空地，动手挖水潭了。大概泥土很硬，他们一人拿一把铁锹，腰弯得很低，在橘红色的霞光里往下用着力气……

1983 年 5 月写于济南

黑鲨洋

一

　　老七叔新搞了一条船，请曹莽入伙打鱼去。曹莽正犹豫。

　　这时候正是初秋，天还很热，曹莽穿了条裤衩，露出了两条圆圆的、黑红色的长腿。他今年十九岁，脸庞很粗糙，也是黑红的颜色。他不怎么说话，这使人觉得他的所有憨劲儿全憋到两条腿的肌肉里去了。这的确是两条诱人的腿。老七叔看重的可能就是这两条腿。

　　老七叔敢做大事情，有时甚至让人觉得他莽撞。可是每样事情做过之后，细想一想，又觉得他非常精明，事先将一切都冷静地打算过了。所以他从来不失败。

　　但是对于他新搞的这条船，大家都在议论，结论是老七叔必定要失败。

为买这条船他花去了几千元，加上必需的一些网具，特别是造价昂贵的一盘"袖网"，他一共花去了近万元，其中一大部分是借贷来的。袖网可是捕鱼的好东西！它栽到海流里，就好比筑了一座迷宫，等着逮大鱼吧！不过一个人携带着这么多钱到波涛汹涌的海里去，还是有说不出的危险。最要紧的是，他搞的是海边上十几年来的第一条船！

以前当然有很多船的，都是公社里的，打来一些鱼，也死了一些人。海滩平原可以种很好的庄稼，人们偏要执拗地跑到海里去，这常常使上级领导十分愤怒。有一次，捕鱼船在有名的黑鲨洋一带出了事，死了好几个人，其中包括有名的壮汉曹德（曹莽的父亲）。这终于使大家惊醒了。人们发誓再也不去捕鱼了。

近一二年海边人除了种好庄稼，还做起了十分有趣的活儿：将山楂粘了白糖卖；将艾草搓成绳儿卖；沙滩上的酸枣核儿也可以卖钱。但老七叔全不做这些，他买来一条船。

大家的眼睛都默默地注视着他。谁心里都明白，这样一条船老七叔一家可驾不了。老七叔是海上的好手，有两个儿子。可他的两个儿子不行啊，很瘦弱的样子。他必定要请人入伙。每个人都坚定地在心里告诫自己：永不入伙。

他们当时如果知道老七叔是怎么想的，也就不会那样告诫了。老七叔从来就没有打算过邀请他们。他看中的只是一个人：曹莽。

大家知道之后，都长长地出了一口气。谁入伙上船，谁就要和倒霉的老七叔一块儿背负那上万元的经济重压，一块儿钻海搏浪，很可能还要一块儿去死。曹莽才十九岁啊，他还没娶媳妇，是个又强壮又稚嫩的小伙子呢。这简直是欺负曹莽。

曹莽却不这样想。他不说话，听了人们一些议论，泰然自若地从大街上走回家去。他的黑黑的、裸露的腿显得很有弹性，走着路，脚掌把土碾上一个个深窝儿。他在心里想：老七叔多么看得起我啊。

虽然是这样想，但他并没有立刻答应入伙。他跟老七叔讲，他要好好想一想。老七叔也没有逼他立刻应允下来，这样重大的事情嘛！曹莽真是个有心计的孩子。回到家里，他躺在炕上，将手掌垫到脑袋下，认真地想着。他一口气想了几个钟头，还是没有想好。

这个夜晚正好是有月亮的日子，屋子里黄蒙蒙的。曹莽有些烦闷地跳下炕来，在屋子中间走着，木头拖鞋"嗒嗒"地打着地面。屋子里真空旷，曹莽想，有个人商量一下也好啊。母亲怎么死的他不记得；父亲死在黑鲨洋乱礁里，死得惨，他还记得。从那时起他一个人住在这座结实的房子里，自己做饭吃了。没有人在闲时和他说话，他一个人也没有多少好说的……上不上船呢？曹莽想，这回可遇到了难题，如果同意，可能这一辈子就交给大海了。

他决定明天找一个人商量一下。

平常曹莽不怎么找这个人。其实曹莽完全应该和这个人亲近起来，只是由于有些怕他，也就不常去他那儿。那人和父亲曹德是最好的朋友，曹德死后，最有资格管教曹莽的，就是他了。

他叫"老葛"，是个老头儿了，前几年刚从水产部门的一条大船上退休回来。他就是那条大船的船长，中了风才回来的。由于一辈子都在海上，脾气和样子都有些特别，所以曹莽心里对他有些莫名其妙的畏惧感。他半边身子不灵便，说话也含混起来。但无论如何他对船、对海，是海边上最有发言权的一个了。还有，曹莽觉得父亲不在了，这时候应该听他的话。如果他说一声"去"，那他无论如何也是要去的了。

天明了，曹莽却陷入了新的犹豫：找不找老葛呢？

最后，曹莽还是去找老葛了。

老船长正在家里看一本书，是躺着看的。曹莽看了看书的封皮，知道是一本捕鲸鱼的书。枕边还有一本书，名字太怪，读不出，封面上画着两个壮汉斗拳。老葛就像没有看到来人一样，翻弄几下，又换成那本斗拳的书。曹莽叫一声"葛伯"，他才慢慢坐起来。

老葛很瘦，穿着宽领儿白衬衫，露着又紫又硬的胸脯。他已经没有多少牙齿了，嘴巴使劲瘪着，反而显得特别执拗。一对眼珠很黄了，但是亮得很，盯着曹莽，就像用锥子戳过来一样。他的背驼得十分厉害了，头低着，这时却硬挺起来看着曹莽。曹莽说："葛伯……老七叔拉我上船……可，可我又怕出事。我想听听你的！……"

"嗟?!"老船长先是用心听着，接着含混不清地大吼了一声。

"老七叔拉我……"曹莽又重复一遍。

"你……"老船长咳嗽起来。他咳得非常厉害，涨得脸色紫红。曹莽离得太近，看得见那脸上的几个伤疤在抖动，就有些害怕地往后退开一步。

老船长咳着，声音更加含混不清。曹莽差不多一句也没有听懂。他愣愣地看着那张瘪嘴里的两颗半截的牙齿。老船长的眼睛一直没有离开过他的眼睛，曹莽被这锥子似的目光戳得有些难受。好像老人突然生起气来，那胸脯一起一伏，同时大咳。

曹莽什么也听不清，也有些害怕。他脸色红涨着支吾几句，退出了老人的屋子。

他后悔不该来问老船长……海边上，老七叔和他的两个儿子正围着那条新船。曹莽走过去了。

老七叔热情地招呼着，让他在船舷上坐了。这条船真是新哪，浑身散发着桐油味儿。老七叔的两个儿子光着脊背，低头用油泥塞着一条小缝子。老七叔吸着烟锅说："来吧，咱是进海的第一条船。你不用担心……"

曹莽用手抚摸着船舷，没有做声。

"不用再想你爸了，那样的事不会有了。有天气预报，再说船又新，停一年，我们还安上机器。我不骗你！"老七叔盯着曹莽说。

两个瘦瘦的儿子也嚷："来吧莽兄弟！船、尼龙网，崭新崭新……"

曹莽说："我还得再想想，好么？"

二

老七叔耐心地等着曹莽上船。他一直睡在海岸上新搭的渔铺里，守着他漂亮的船。村里人来看过他的船，都觉得漂亮，也都觉得是个不祥之物。

曹莽总也没来。老七叔就决意先搁起袖网，和两个儿子到浅海里放放流网。

三个人把船摇到海里。

浅海的水是一种迷人的蓝色，波纹那么柔和。橹打在水上，水沫溅到身上，很舒服。一丝一丝的水草，一群一群的海鸥。海鸥飞过船的上方时，可以看到它们白白的腹。两个儿子很快活，他们把腮鼓得老大，迎着海鸥吹出呜呜的声音。老七叔很看重第一次出海，但他强压着心底的兴奋。他看到儿子的样子，就有些不高兴。

"下网吧！"老七叔喊。

儿子往下抛网。他用力摇着橹，看着海水在橹梢上打着小小的漩儿，冒出一串很白的小水泡。大海太平静了，像一个人在不怀好意地微笑。老七叔一声不吭地做他的事情，想着心事。十几年没有在海上漂荡了，今天的各种感觉好像都不那么真切……小儿子笨拙地扯着网纲，脊背用力弓着，椎骨凸出，像一根要折断的陈旧的弓。他用手提起网浮，吃力地挣脱网脚缠乱的生铁环子。他的哥哥过来帮忙，使劲撅着屁股，一件又破又小的裤头儿正对着父亲的脸。他的腿怎么晒也不够黑，白里显灰，从大腿根处，爬下来一条细细的青脉管儿……老七叔喊一声："扯松一些，浪涌会把网扣儿摆弄好。"这样喊着，他心里却在想，委屈了两个儿子：长到这么大，没有好好地吃上几顿鱼！他们亏了算是生在海边上，就因为父亲胆子小，没有鱼吃。有一次，他在芦青河汊子里捕到几条泥鳅，放在锅里烧一烧，让小兄弟俩争得打了起来……老七叔把目光从儿子身上移开，看船后漂起的一道好看的塑泡网浮子了。

流网布好之后，他们按海上的规矩在一端竖一杆做标志用的小黑旗子，就往回摇船了。

大海正在落潮，浅滩的地方，需要他们下来推船。父子三人将船推在浅滩上，一时不想到岸上去。他们仰躺在浅水里，水将金色的细沙子扬到身上。太阳把一切都烤热了，水流温和地从他们的身上和身下通过，像一双双又软又小的巴掌轻轻地摸过来。老七叔已经很久没有过这种体验了。他兴奋地活动着胡须，让鼻孔里喷出的气冲开漫到脸上来的水和沙子。

当他的目光转向东北方向时，脸立刻就绷紧了。在一片水雾后面，隐约可见一个黑影，像天上的两团乌云落进了海里。黑影越来越大，那是露出潮面的一个暗礁：像一条搁浅的巨鲨。

老七叔闭上了眼睛。他像自言自语，又像说给儿子听："曹德就死在那里。那就是黑鲨洋。自古就是险地方，也是个出大鱼的地方。那一次死了好几个人，淹死、冻死，还有吓死的……我想有一天在那儿栽我的袖网。"

两个儿子盯着父亲的脸，没有说话……

傍黑的时候，他们要去拔流网了。

涨潮了，风也大起来，船在海里颠簸着，两个年轻人直跌跤子，胳膊和腿跌上了青紫的印痕。老七叔脸上挂着水珠，阴沉着脸摇橹。他见小儿子趴在船头上，就用一只手举起一个铁钩，钩到他的腰带上，将他拉了起来。他说："这已经是不错的天气了。这还不算打鱼。"

流网上系的小黑旗子被风吹得摇晃着，像在召唤他们这条船。两个年轻人刚看见小旗子，就吐了起来。天突然有些冷，兄弟两个身上起了鸡皮疙瘩，使劲缩着身子。一只海鸥在他们头上大笑起来，笑得十分欢畅痛快。

老七叔两只脚像粘在了甲板上。他想起了十几年前的一次出海。那时候他还是个壮汉，什么都不怕。可那是最后的一次出海了，几乎给他留下了永久的遗憾。

那是一个冬天的早晨，他，还有两个老头子，一起去取最后一个流网。他们穿了棉衣，上面都套一层雨衣。涌很高，可是没有多少惊险的浪。水花在船的四周拍散了，发出欢笑似的声响："哈、哈哈哈……"船上人都听惯了这种海的冷笑，若无其事地坐着……开始拔网了。这网不久就会在屋角里烂掉，反正是最后一次出海了，他们都懒洋洋地做着活儿。突然间，他们拔出了一条身上生了黑斑的特大家伙。毫无准备，一时慌了手脚，找不到木棍。他记得这个特大家伙在船舷上蹭了一下身子，蹭掉了几片五分硬币那么大的鳞片，就凶猛地跳了起来。它跳得那么高，实在让人惊奇，如果身上没有缠上网丝，它准跳到海里去！他是用两只手把它抱住的，就像抱着一个胖胖的娃娃那样。但他明白这是个老家伙了。他给它脱了网丝。他和鱼离得很近，它那么凶恶地看着他，牙齿咬出了声音。它的嘴巴张开来，使他闻到了一股令人厌恶的腥臭气味。就在他喊着船上的两个老人时，这家伙在他怀中拧起来，将他拧倒在甲板上，然后跳起来，跳到海浪里去了……

这最后一次出海，不能不说是十分晦气的。

老七叔摇着船，还在懊悔着十几年前的事。他后来想过失败的原因，他知道坏就坏在那是"最后一次"。人人做事情都有最后一次，可你别想这是哪一次，这样才能将锐气凝聚在十根手指上，再愣冲的大家伙也休想从这样的手中逃脱掉。

"小黑旗子……流网到了！"小儿子嚷着。

老七叔的眼睛圆圆地睁起来："舱盖打开！"他嚷着，放下橹柄，两腿叉着站到甲板上。

流网慢慢拔上来了。凉鱼、偏口鱼、燕鱼，用嘴巴衔着网丝，摆动着雪亮的尾巴。三个人高兴极了。老七叔嘴里发出"啊、啊啊"的声音，一边摘鱼一边咕哝："……凉鱼死在'夹'上，偏口死在'钩'上——这东西嘴巴像钩，钩到网丝上就跑不了！看看，这是黑皮刀鱼，这东西气性大，一碰着网眼就气死了……小心那条鲅鱼！它的嘴狠……"老七叔太兴奋了，胡子上也沾着闪亮的鱼鳞。他现在看不出鱼的大小，他被这第一次收获激动得眼睛迷蒙起来。

兄弟两个，一边摘过鱼，一边将流网再放到海里。小儿子两腿叉开，但不敢站到船头上，常常跌倒。他跌倒的时候，鱼就趁机跑掉。老七叔又焦急又兴奋地放尖了声音喊着："哎！哎！"

网贴着船舷往上滑去，好像流网是从船底生出来的一样。老七叔后悔船上得太急促，让船靠网时背了流！他怕船底划破渔网，就拼力地用橹掉着船尾巴。这时有一个黑黑的东西从水中慢慢钻出来，像打足了气的黑胶胎那样光滑滑的、圆鼓鼓的。兄弟两个惊呼着，看出那是一个大鱼的脊背！大鱼离水了，闪出了白肚儿，"咕咕"叫着，狂跳起来。

老七叔立刻扑上前去，可惜船剧烈地簸动一下，将他掀倒了。他一边爬起来一边喊："用手指！别用胳膊……"兄弟两个果然在用胳膊，搂紧了它，又用拳头砸它的头颅。老七叔爬起来时，大鱼正割破了小儿子的皮肉，怒气冲冲地跳到了浪涌里去。

"应该用手指。"老七叔蹲在了甲板上，声音低低地、亲切地说。他觉得十分可惜。他想这条船上该有一个人，该有曹莽！曹莽第一次进海就懂得使用手指，在几秒钟内用木棍击中鱼的脑壳。

这条船上真该有个曹莽啊。

三

曹莽睡了一个好觉。他已经几夜没有睡好了。醒来时，他首先听到的是海潮的声音，想到的是那条船。他早知道老七叔和两个儿子把船推到海里去了，夜里就为这个失眠。

他睡不着时常想老葛的话。他那天没有听明白，因为中了风的老船长说话含混不清，再加上不住地咳嗽。但他看清了那一副涨红的脸庞，看清了满脸抖动的黑斑。老船长显然在生着气。不过他不明白老人为什么生气，也不敢问。如果说曹莽在这海边上还有害怕的人，那就是老葛船长了。他也怕过父亲，不过父亲现在已经管不着他了。

老葛退休回来的时候，村领导曾经建议曹莽接他到家里一起住。曹莽虽然怕他，却把他看成父亲一样的人。他去请他，老船长却怎么也不离开那间屋子。他含混地喊着，用黑色的花椒拐杖捣着地，用力地摆手。曹莽见他果断而坚决地拒绝了，也就回到自己结实又宽敞的大房里了。

老葛的脾气实在太怪。村里人都不敢沾边，他也从不与村里人来往。他一个人种点菜蔬，闲下来就躺着看书。人们说：他一辈子没有娶老婆，又是在海上度过的，脾气怪异是很自然的。由于曹德和他的特殊关系，所以曹莽总要礼节性地去看看老船长。这就使大家也用奇怪的目光看着曹莽了。人们仿佛觉得敢于和那样一个老人来往的小伙子，也必定多少有些怪异。实际上曹莽和老人很少感情上的交流，他自己不愿说话，老船长也不愿意吱声。老船长有时说很少的几句话，他也听不明白。过节时，他送去鸡、苹果，老船长只用拐杖指指窗台，让他放在那儿。

曹莽眼下可以说来到生活的岔路口上了。村子里近年来很活跃，人们都在雄心勃勃地做事情。可是他还没有认准做什么。上不上船，事情的确太重大了。他需要琢磨老船长的话，更需要自己拿个主意。他十九岁了。

早上，他茫无目的地从房子里走到街上。天还早，人们都在街头上站着。他故意将头低下来，看着自己的腿和脚。走了一会儿，他又将脸扬起来，让阳光照在这张粗糙的脸庞上。他的神气很拗，这点儿大家都看出来了。

有人突然喊了一句什么，接着大家都向一个方向望去。曹莽见有个人背着霞光走过来，看不大清，仔细些瞧，才认出是老七叔。原来他肩上扛了一根又细又长、弹性十足的竹竿，竿子的末梢拴了两条胖胖的鲈鱼。老七叔故意将竹竿根部扛在肩上，让拴了鱼的竹竿拉出一个可笑的大弧。

曹莽愣怔怔地看着那对漂亮的鲈鱼。他知道这是老七叔刚捕来的。街道两旁的人用嫉羡的眼光看着他和鱼，他却只顾按紧了竹竿往前走去。

老七叔并没有看到曹莽。曹莽被吸引着，跟在他的后面走着。

他拐过几道巷子，站在了一个小屋子跟前。曹莽愣住了：这不是老船长的家吗？……他眼盯着老七叔取下鱼来，两手高高地托起，推开门走了进去。

老葛船长唯独这次没有躺着看书，而像有过什么预感似的，端坐在小院子正中的一个大草墩上，身后，是一株威风的铁皮榆树。他见了捧鱼进来的老七叔，高兴地摩挲着手中的黑花椒拐杖。

"老船长！老七进海了……两条鲈鱼，不成敬意！"老七叔半蹲着，样子十分严肃。

老船长微笑着点点头，让老七叔将鱼放在他身边。

老七叔说："过去买不得船，如今行了。怕个什么？我偏要把这条船开进海里……"

老葛瞪圆了黄色的眼珠，费力地活动着身子，样子十分激动，连连说："嗯。嗯。你！……"他说着大咳起来，脸色涨得紫红，一道道皱纹和疤痕又抖动起来。

曹莽一直站在门口，这时不由自主地跨进门来。

老七叔高兴地招呼他，老葛却像没有看见来人一样。

老葛请老七叔留下喝酒，老七叔同意了。他提着鱼就要去收拾，随口对老船长说了句："让曹莽也留下喝酒吧！"谁知一句话出口，老船长竟站了起来。他费力地往前跨一步，用拐杖敲了一下曹莽的腿。曹莽胆怯地叫了一声"葛伯"，但一动没动。

老葛继续用拐杖敲着曹莽这两条腿。他敲得很认真，不轻也不重。他从大腿处敲到腿弯，像要验证点什么似的，最后将拐杖收起。他愤怒地嚷起来："你！……咳咳！咳……"

"葛伯，我……"曹莽尖利的目光盯住老船长黄黄的眼珠，大着胆子喊道。他的两条腿像两根石柱，硬硬地挂在脚下的泥土上。

老船长的眼睛也盯着他。老人的嘴巴张开了，又显露出那两枚半截却不甘躺倒的牙齿。他满脸的深皱活起来。从脖子到胸腔有一道斜划下来的伤痕——曹莽好像第一次发现了这道伤疤，见它抖动着，闪着亮。曹莽慌乱地退后一步，嗫嚅着，扭过脸去走了。

老七叔提着鲈鱼，一直不解地站在那儿……

曹莽走了，他出了一身大汗。

走近海岸，他又看见了那条船——两兄弟正光着脊背在上面砸着什么。他避开船，到远一点的地方脱了衣服。

他跳进海里，游得很深、很远，然后爬上岸来，沾了一身沙子。太阳晒干了他的全身，全身都渗出一层油样的东西，闪着光亮。他把手捂在脸上，泪珠儿顺着手指缝流出来。他狠狠地抹干了眼泪，坐起身来，望着东北方黑黑的海水。黑鲨礁神秘地藏在一团雾气里，他盯着，咬了咬牙关。他的父亲就死在那片黑色的海水里了。

他还记得父亲的模样。他长得很瘦小，脸色蜡黄，说话的声音很低。他是公社船队的总指挥，说一不二，人们叫他"小霸王"。他把很小的曹莽带到海上去，半年之后，曹莽就能离开船游到很远的地方去了。有一次小曹莽跟上一个舢板去查网，舢板被浪掀翻了，他就"失踪"了。四天以后，父亲才从一个小小的礁子上找到他。父亲自豪地对别人说："这个孩子再也淹不死了。"曹莽很小就知道自己这一辈子交给大海了，读书也不用心，只想早些回到海上。

老葛从老洋里回来，第一件事是找父亲喝酒。父亲说话时，任何人都得闭上嘴巴。可是老葛说话时，父亲总是很用心地听。老葛的个子也不高，可是满身都是横肉，年轻时曾经跟海盗打过架，杀了三个海盗。父亲每一次送走了老葛，回头都对曹莽说一句："全村里就出了这么一个英雄。"

可是后来，曹莽恨老葛了。那是一年秋天，父亲淹死不久。老葛从老洋里回来了，红着眼睛，就睡在曹莽的家里。白天，他找到几个辣椒，把曹莽父亲留下的酒全喝光了。夜里，曹莽想念父亲，呜呜地哭，惊醒了老葛，他就给了曹莽一拳头。曹莽大概忘记了他曾杀死过三个海盗，竟然像个小豹子一样猛扑过去……结果是挨了更重的一顿拳头，曹莽趴在了炕上。尽管老葛酒醒之后十分后悔，曹莽还是恨着他。

当时曹莽只有九岁。老葛临出海的前一天晚上对曹莽严厉地嘱咐道："以后再不准哭！好好念书，至少念完高中！学费我按月寄给你，吃的用的也跟我要，我就算你爸了！"……

老葛果然按他说的做了。曹莽长大了。他对老葛还存有一丝怨恨，但更多的，却是一种莫名的惧怕。大约就是从父亲死的那天起，他和海边上的人一样，开始疏远大海了。

他疏远了海，却没有忘记海。浪涛声日夜响着，谁也不可能忘掉它。大海像个谜，解不开；大海像匹烈马，永难驯化！父亲死在黑鲨洋里了，可父亲不能不说是条硬汉子；老葛船长中风败下阵来，嘴里只剩下两颗半截牙齿，可他杀死过三个凶猛的海盗，也不能不说是条硬汉。曹莽长壮了，长高了，却不信自己能超过前两条硬汉。他就是这样想的。

所以，他犹豫着，上不上老七叔的船。

眼下他感到委屈的，是弄不明白老船长的话，老船长却对他发了那么大的脾气！第一条船哪，诱惑力实在是不小。他从老船长抖动的嘴唇上，知道老人有很多话要说。老葛就是这样怪异的脾气，这怪异中主要就是霸道。曹莽又想到了小时候吃过的恶拳。海浪呼呼地涌上岸来，泡沫溅了他一身。无数的大涌耸动着肩膀，炫耀似的靠到岸边来了……曹莽用力抓紧了手中的沙子，又狠狠捶了一下自己结实的腿，站起来，穿好衣服，大步往前走去了。

他有些愤恨地想：为什么非要弄明白老葛船长的话不可呢？自己十九岁了，自己的主意呢？他回身望着海滩上一串串深深的脚印，站住了。他在心里说：我可以不超过前两条硬汉，但我怎么就不能成为第三条硬汉？！

四

老七叔的船上，终于有了曹莽。

这个初秋将会长久地留在海边人的记忆里。他们十几年前告别了船帆，心头滞留的欲望和惆怅又被一条新船搅动起来。老七叔和强健如牛的曹莽合伙搞一条船了，这条船带着一股可怕的生气冲入人们的生活中去了。多少年来，人们已被教训得像些腼腆的小媳妇，看到果断刚勇、一往无前的男性的强悍，那种惊讶确是非同小可。

老七叔的两个儿子见到船上有了曹莽，比老七叔还要高兴。曹莽沉着脸不说话，单是那粗糙的、黑红色的面庞就给人以力量。他们都相信曹莽是不会怕海浪的。

开始的时候，船仍旧在浅海里放流网。每次的收获都差不多。鱼不太大，也不太多。带鱼几乎没有了。捉过两条海狗鳝鱼，两天后从船舱里拿出来，它们还会撩动尾巴。这是生命力最强的一种鱼。大头鱼永远是笑眯眯的样子，擒到甲板上，还兴奋地晃着大头颅。没有诱人的鲈鱼，也见不到身上生了灰斑的、出水时像一把大片钢刀一样的鲅鱼。老七叔每一次拔网时都遗憾地摇头。

他们还试着撒过小眼网，结果网上来那么多小鲇鱼、沙拱子，还有一团一团的海草。这些差不多都得重新还给大海。老七叔说："我要到那个地方栽袖网去——这盘网让我花去了几千元。大鱼遇上它，就像入了迷魂阵！……不过这东西经不得大风，六、七级风就得取网，也怪麻烦……"

曹莽望着那片黑色的海水，没有做声。

老七叔压低了嗓门："要捉大鱼，非上那个地方不可。"

曹莽点点头："明天，把袖网装到船上去吧！"……

第二天，船张了帆，果真向那片黑色的海水驶去了。

这片神秘的海域！这片藏下了无数可怕的故事的海域！此刻它是碧蓝碧蓝的，没有一点波澜。它是透明的，像溶化了的、但仍然浓稠的绿色结晶。没有破碎的浪花，船是在柔软光润、丝绒般的质料上滑动。这里的气息也不像浅海那样腥咸，倒有一股特异的清香。太阳就在不远处微笑，她仿佛变得可以亲近了。在这里，她的手掌不会是滚烫的，不会在那一个个黝黑的打鱼人的脊背上揭皮。这里吹动的的确是九月的海风，船没有颠簸，人可以不眨眼睛。

由于曹莽一路上没有讲话，老七叔也不做声。他的两个儿子互相对视着，用力压抑着心底的兴奋。很快看得清那像鲨鱼的怪石了，风开始凉爽一些。落在礁上的海鸟尖叫着。船体常要莫名其妙地微微震动，船上人终于能觉出湍急的海流了。

他们很快开始下底锚了。这些巨大的铁锚就是袖网的根，大风来时，取走袖网，却依然留下它的根——风过之后，袖网很快又系在这些根上了……老七叔做活时咬住一个空空的烟斗，他要说什么，都用鼻子"哼"出来。这时他用烟斗指指海里：三个年轻人都看到在新栽的网浮旁边，一条小鲨鱼腼腆地游着……

曹莽一声不响地做活。他整天都是紧绷着脸皮的，抖索、下锚，都是用牙咬着嘴唇，发出"嗯、嗯"的屏气声。他的脚蹬在船舷上，船被他踏得浑身震颤……四个人不停地干了多半天，太阳偏西时，袖网栽成了！

……

老七叔的船闯到黑鲨洋里了，村里人都面面相觑。可是很快地，他们又齐声惊叹起来。

崭新崭新的船，鼓胀着白帆，一次又一次向东北方驶去，他们在那儿，将走进"迷宫"里的鱼不断装进船舱里！这简直有些神奇了。黑脊背的大鲅鱼、黄鱼、白皮刀鱼……都乖乖地给运到岸上来。村里人啧啧地咂着嘴。

他们不知道四个人是怎样搏斗的。

船驶进那片黑色的海水。四个赤裸的脊背在太阳下闪光，从网上摘下的鱼也在甲板上闪光。鱼蹦跳着，死命挣扎，用尖尖的鳍割破他们的脚背。这里的鱼大，力气也大得惊人，特别是刚闯到网里的，要摘下它们来简直就是一场拼杀。老七叔咬着一个空空的烟斗，他前边就是曹莽那两条粗黑的脚杆。网丝水淋淋的，不断勒到这腿上，这腿动都不动，真像两根生铁柱。曹莽可以一口气拔上十二托网，腰都不直一下。大鱼用尾巴拍他的脸，他用拇指和食指钳住鱼鳃，按到甲板上。大鱼锉刀般的牙齿发狠地磨动着，咬不到曹莽的手指，跌到甲板上，就用力咬穿了另一条大鱼的肚腹。曹莽常在两兄弟的惊呼声里将大鱼踢进船舱。

甲板上满是鱼血、鳞片和黏糊糊的液汁。老七叔的小儿子有一次跌倒，让船舷磕掉一颗牙齿。老七叔的烟斗不知何时甩到海里去了……

一直收获到中秋季节，他们没有取过几次网。

中秋之后，风凉了，涌大了，取网躲风的次数也渐渐多起来。四个人累得腰都要断了，每个人都明显地消瘦了。老七叔甚至真想让袖网闲息一段。但风过之后，他们还是将网系到根上了。

正像好多打鱼人一样，他们本来是要等更多的大鱼，可是他们等来了一场灾难。

这一天并没有变天预报，老七叔斜倚在铺子外边的油毡纸上吸烟。他是在磕烟斗时瞟了一眼天空，发现了一片奇怪的云彩。他立刻跳起来，呼喊着曹莽和两个儿子去海里取袖网。

网很快要取上来了，天还没有黑。可是西北天空变得那么紫，老七叔看了看，手都有些抖动了。偏偏剩下的一截儿网拖不上来——疾流不知何时竟将坚牢的网根移了位，网脚勒在乱礁上了！当老七叔弄明白这一切，脸上立刻渗出了一层冷汗。他犹豫了一会儿，抹掉脸上的汗珠说："割网吧……"

扔掉半截子袖网，心太狠了些！曹莽摇摇头。

黄昏即将来临了。两兄弟说："莽弟，再不走，要挨上风了。"

曹莽咬着嘴唇，两眼死盯住变黑了的海水，沉着脸说："挨上吧。"

老七叔暴跳起来："你这个黑汉！割网走船！"

曹莽还是沉着脸。

老七叔使个眼色，两个儿子突然拦腰将他抱住了。曹莽愤怒地大叫一声，叉开两腿，一下子将他们摔倒在甲板上，接着翻身跳到水里。不知过了多长时间，他从水中露出脑袋喊："我爸爸就死在这上面，这就是那片乱礁！"他说完乌黑的头发在水中一闪，不见了。

老七叔的两个儿子哭起来。老七叔喊："住嘴！"

后来曹莽又在水上露过两次脸，但并没有上船。他再一次潜下时，水面上有一道血水。老七叔见了，赶紧跳下水去。

两兄弟喊叫起来，声音里透着无比的恐惧。

住了一会儿，曹莽终于浮上来了。他周身带着血口子，身边的水立刻红了。老七叔也浮上来，一把将曹莽拉到船边。两兄弟和父亲把曹莽放在了甲板上。他身上的血口子深深浅浅，多得数不清，还在往外流着血。两兄弟把他血糊糊的腿伸开，看到左脚被什么咬掉了一个脚趾，腿肚上，是黑乎乎的一个肉洞。

老七叔流下了眼泪。

他用嘶哑的嗓子喊道："割网！走船！"

曹莽还想爬起来。可是他正要伸出手和两兄弟争刀子，昏了过去。

网割断了。船往回开去了。老七叔告诉两个儿子："网真是勒到乱礁上了。曹莽身上的血口子是礁上的蛳子皮割开的。他可能还遇见过鲨……"

黄昏来临了。巨涌一个紧连着一个出现了。

老七叔不断向两个儿子呼喊着，可大海的呼啸淹没了他的声音。船体好像陡然落到了狭窄的巷子里，水的墙壁，柔软而可怕的墙壁，随时都有可能坍塌。他们的船在挣扎。他们听见了船的骨头在"咕咔"地响着。后来，他们不得不将一个流网抛到海里，拖住摇摆的船……

岸上有人为他们点起了大火，他们可以看到在火边活动的影子了。两兄弟奋力扳橹。老七叔喊着："瞪起眼来，别让船横了！……"

大火离他们只有半里远了。两兄弟兴奋地呼喊起来。老七叔却一动不动地伏在甲板上听着。他听到了"呜——扑！"的声音，绝望地说："海边有'瓦檐浪'。坏了，靠不了岸啦！"……

五

老葛的病几天来加重了。人们都到他的小屋子去，看他大口地喘息。他不喜欢人，可他已经没有力气赶走别人了。

这天傍黑的时候起了罕见的大风，海水出奇地响。人们突然记起了老七叔的船，就跑到海边上张望。

老葛一个人蜷曲在小屋里，昏昏地睡去了。睡梦里，他跟一条巨鲨打了一架，他赢得很险，折了一条腿。醒来后，他用力扳着那条腿，扳也扳不动。那是属于中风后不再灵活了的另一半身子。他想这是鲨鱼给他咬折的——那条凶狠的家伙，他是用拳头把它打败的，敲碎了它的脑壳！老船长费力地张大嘴巴呼吸，一个人在黑影里笑着。

他突然听到一种奇怪的声音。这声音好大，又是时隐时现的。他用力听了一会儿，听出是大海的咆哮。他在心里说："这家伙又在发脾气！这家伙又在叫了！"他竭力要爬起来，可总也没有成功。跌倒几次，他最后还是坐了起来……屋子里空洞洞的，人们都走了。他猛然记起人们在这儿议论过船，然后就一齐跑走了。他终于听出了"瓦檐浪"的嘶叫，伸手去摸索黑花椒拐杖。他刚一动，就重重地跌到了床下。可他还是伸出手掌去摸索着……

海岸上，人们还在往火堆上投着火柴。天渐渐亮了，船还是没有靠岸。船上的人奋力挣扎了一夜，随时都可能被大浪吞噬。可他们还是不让船"横"，不让船靠近"瓦檐浪"——这种浪会把船抛起来，再重重地甩进浪谷深处。岸上的人们喊叫着，嘈杂的声音里充满了恐惧和焦灼。

与此同时，正有个黑影子缓慢地朝火堆这边移动着。

由于他走得很慢，所以天大亮时才来到火堆边上。大家一看，大吃了一惊——老葛船长！有好几个人不信似的看着他，往后退开两步，惊呼起来。这个不久还躺在床上喘息的人，怎么会一个人摸索到海滩上来！

　　这真像有神力帮助他一样。大家一时说不出话，只是一起瞪圆了眼睛看着他。他走得真是费力极了，两手拄着那个黑花椒拐杖，一点一点往前挪动。他的小黄眼睛亮得吓人，不看任何人，只盯着海浪、盯着那条挣扎的船。大家上前搀扶他，他定住似的一动不动；再要去拉，被他厉声喝退了。

　　"你！啊啊哦……咳！咳咳……"

　　老船长向着大海吆喝起来，这声音大得简直不像他喊的。他的脸又变成紫红色了，衣怀敞着，一条又长又亮的伤疤让所有人都看到了。

　　船上老七叔向岸上喊着："老葛船长——老船长……"

　　老葛大吼起来，钝钝的声音像打雷。好几个围在他身边的人胆怯地退开了。他吼叫着，两手举起拐杖，举得高高的，然后猛地往怀里一拉。

　　船上老七叔看得真切，命令两个儿子："拔流网，把网拉上船来！"

　　老葛又吼起来，一边跺着脚。他将拐杖费力地顶、顶，横到左肩前边，然后再往右前方奋力一推。

　　船上老七叔又命令儿子："快，把船尾巴拨北一点，用橹，下狠力……"

老葛船长又向西走了半步，同时两手握住拐杖根儿，往西捅着。他一边呼喊，一边把拐杖拄起来，费力地向西挪动着。

这段时间，所有人都一声不吭地看着老船长。他们谁也不明白老船长喊叫了些什么、比划了些什么，只是惊惧地、钦敬地望着他。

海中的船往西，斜压着浪涌，十分艰难地驶去。

人们也背起老船长，向西走去。

船到了芦青河入海口停住了。河口处，扑向海岸的浪涌没有遇到浅滩的阻力，那"瓦檐浪"竟小好多！大家一下子全明白了。

老七叔指挥着儿子，艰难地将船往岸上划。船是向着河与海的交角处往上来的，刚一驶近，几个壮小伙子就冲上去，帮着把船推了上来……

老葛船长这时却松脱了手里的黑花椒拐杖，倒在了河滩上。老七叔抱着一身血渍的曹莽，伏在了老人身边，大声地呼唤着。所有人都叫着"船长"和"葛伯"……老人紧闭着眼睛，仰躺着。大家第一次凑近这个老人，看到了大大小小、不同颜色的疤痕。

海浪在轰响。曹莽睁开了眼睛。他看到了躺倒的老船长，从老七叔怀里爬了下来……老船长终于也睁开了眼睛，他把手放在了曹莽血淋淋的腿上，声音极其微弱地咕哝着什么。曹莽眼角流出了两滴晶莹的泪珠。老七叔告诉了曹莽受伤的经过，老船长嘴角似乎有一丝微笑，对曹莽点点头，又点点头。老七叔转脸对曹莽说：

"老船长眼里……你是一条硬汉了……"

曹莽抹去了泪水。他这会儿心中一亮，突然像是明白了老船长，明白了他以前那些话。

他转过脸去，久久地向黑鲨洋望去……他看着岸上的船，崭新崭新的一条船。不过它会在某一天被浪打得粉碎。不过——曹莽想——还会有第二条、第三条……船！

老七叔背起了老葛船长。他让小儿子背起曹莽，大儿子拿着老人的拐杖。所有人都跟上他们往前走去了……

1984 年 1 月于郯城

海边的雪

一

海边的雪越积越厚。一个个渔铺子为了冬天暖和，都是半截儿埋在沙土里的。如今它们的尖顶儿也都是雪白雪白的了。赶海人剥下的蛤蜊皮堆成了小山，这小山也被雪蒙起来了。雪花儿还在从空中飘下来，飘下来。

海水很静。浪花一下下拍击着沙岸。海水的颜色渐渐变黑了，它迎接并融化了无数朵洁白的雪花。

有人从远处走过来。他背了一身的雪粉，摇摇晃晃地走着，那穿了大棉靴的脚一下下深深地扎到积雪里面，给海边留下了第一行脚印。海鸥"嘎咕、嘎咕"地叫着，样子有些焦躁。他仰脸望一眼海鸥，继续低头走着。老头驼背很厉害了。

他最后在一个大一些的铺子跟前停住，用脚踢了踢铺门，喊了一声什么，嘴里喷出了粗粗的一道白气。

渔铺子的小门紧紧地关着。他骂了起来，大声地喝着："金豹——你这头'豹子'！"

一个老头子在里面瓮声瓮气地应了一句："是老刚么？"接着"哐"地响了一声，门开了。门外的人钻了进去。

像所有渔铺子一样，它只在地面露着一人来高的尖顶儿，里面却很宽绰。铺子是用高粱秸和海草搭成的。隔成两间，外间有一个睡觉的土台子，上面垫了厚厚的麦草和半截苇席。台子下、二道门里，全是一团团的渔网和绳子。地上铺了草荐；露出沙土的地方，满是蟹腿和鱼骨什么的。油毡味儿、腥臭和湿气，一块往鼻子里涌……这就是渔铺子，自古以来看海的铺老就住这样的铺子。它能给打鱼人别一种温馨。在海上斗浪的人想的最多的是哪里？就是这卧到土中半截的渔铺子，这里面的气味！

那头"豹子"这时就在土台子上舒服地睡着。他的脚伸在被子外面，原来刚才他是用脚勾掉了顶门杠儿，并没有爬起来。

钻进门来的老刚两手攥住了他的脚，用力一拽。金豹只得起来穿衣服了。他光着身子，抖着沾了沙土的衣服说："不服不行，不服不行——夜里抬了一会儿舢板，这身上乏得不行！唉，快七十的人了……"

金豹仔细地抖着沙子，也不嫌冷。铺子里倒也不怎么冷，铺门的一侧生了一个小铁炉子。他的确老了，身上很瘦，多少根肋骨都看得出来。可是他的肌肉很有力气，手脚十分利落。他很快穿好了衣服。

老刚从铺边的沙子里扒拉出半盒烟卷儿，凑近火炉吸着说："昨夜下了一场大雪，还在下哩。"

"唔?"金豹也点了一支烟，穿上了鞋子。他问："雪挺大么?"

"挺大——我估计这会儿半尺深了。"

金豹特意探出身子望了一会儿，然后缩回来说："好! 嘿，好!"

他们都是留下来看冬铺的铺老。沿岸的一些渔铺大多家当很少，一入严寒就卷了行李回家去了，惟有老刚和金豹要留下来看冬铺。整日孤独得很，他们天天在一块儿说话，已经没有多少好说的了。老刚这会儿在想，金豹夸这场雪好是什么意思。

金豹不做声，只是吸着烟。炉子里的火苗儿映着他脸上那一道道黑色的皱纹，皱纹像要跳动起来。

铺子里面黑乎乎的。老刚丢了烟蒂，很费力地摸到了烟盒儿。他咕哝着："也怪，渔铺子上就没有一个开窗户的，白天也像黑夜。"

"铺子黑好睡觉。"金豹使劲吸一口烟，望望铺门上那个小小的玻璃片，说："好！嘿，好！"

"怎么就好呢？"老刚忍不住问了一句。

金豹拨着炉里的火说："雪天咱焖一条大鱼，关了铺门喝它一天酒，不好吗？"

老刚笑了："好。"

"喝醉才好。天冷，寒气都攻到心里去了。寒气这东西怪，像小虫一样，能顺着脚杆和手腕往心窝里爬……"金豹说着回身从沙子里挖出一瓶酒，放在老刚跟前说："怎么样？这是来赶海的老伙计们送我的。你哩，那个戴眼镜的儿子什么也不给你……"

老刚的儿子就在附近的一个煤矿做助理工程师，差不多忘了还有个父亲。老刚从来羞于让别人提这个儿子，这会儿就大声咳嗽起来。

金豹又将酒瓶插到了一边的沙子里去了。

外边几乎没有了声音。两个人都在吸自己的烟。要说的话都说完了。像今天一大早就说了这么多话，似乎很久以来还是第一次。这完全是因为下了一场大雪的缘故。

又吸了一会儿烟，他们弓了腰钻出了铺子。两个铺老都叼着烟卷儿，看着漫天飘舞的雪花。

哈嘿！这可是这个冬天的第一场雪，崭新崭新，飘到海边上来了。往日朝前看去，看到的全是衰败的杂草，坑坑洼洼的沙滩——如今都是一片白了，干净漂亮得很。雪花笑着落到他们的脸上、手上，马上就融化了。脸上手上都痒痒的，怪舒服。

站了一会儿，老刚要回他的铺子了。金豹让他过一个时辰再来，那会儿就把大鱼逮上来了。

二

雪花笑着落到金豹的脸上、手上，马上就融化了。脸上手上都痒痒的。他穿着高筒儿胶靴，将旋网搭在乌黑的手腕上，沿着浪印儿往前走。他觉得这面小旋网漂亮极了。他曾经用它逮过一条三尺长的胖鳃鱼呢，他至今记得那鱼发红的、恶狠狠的眼睛。

海水映着天空的颜色，阴沉沉的。没有什么鱼，这使金豹有些失望。他很想吃一条焖鱼，如今这条鱼就远远地躲起来不肯让他来焖。他生气地在水浪边缘上来回踏了一个时辰，最后只得回到铺子里，扔了旋网。

小火炉子燃得正旺，发出"噜噜"的声音；真像待在自己的小屋里一样舒服——金豹曾经有过那样一座小屋，漂亮得使他常常想它，不过如今没有了……他想老刚该回来了。他钻出铺门，看着乱纷纷的雪花在半空里飞动，看着远处老刚那个渔铺子的尖顶……海鸥烦躁地叫着，海里好像还传来什么人的喊叫——一辈子交给大海的铺老才有这样的耳朵：能从海的嘈杂中区分出细小的人语。他吃惊地往海里看了看，发现有两个人用力划着小舢板，离海岸已经几里远了。金豹想，如今允许打鱼发财了，也就有了不怕死的人！不过他不明白这样天在海里能做什么。

金豹就站在雪地里看那小船，等老刚。铺子里不断传出炉子燃烧的声音，他想炉子上没有那条鱼，老刚来了会失望的。说来也怪，一个人待在铺子里，总想找老刚说会儿话。老刚真的来了，又觉得没有什么可说的了。老刚真是个古怪东西。这儿离了老刚不行。

又等了一会儿，金豹骂着去找老刚了。

老刚的那个铺影儿越来越清晰。金豹想起有一次等他不来，闯进那铺门儿一看，他正一个人把蛤蜊皮堆成一座小塔。那全是小孩玩意儿。

铺子里面有人说话。金豹惊奇地推了铺门钻进去，看到老刚正和两个猎人说话，其中一个是他的儿子"眼镜"！金豹是从放在一边的双筒猎枪知道他们是来打猎的。那两个猎枪真漂亮。

"雪真大，今天停不了啦……""眼镜"客气地朝进来的金豹点着头，说。

"停不了！"一边的黑瘦青年肯定地说。

老刚咳嗽着。

金豹觉得老刚的脸有些红涨。他想，怪不得老刚不到他的铺子去，原来儿子来了。有这么个倒霉儿子就忘了老朋友了！金豹有些气愤地瞥了他一眼。

"眼镜"搓起了手，越搓越快。

金豹盯着他那两只又白又嫩、很像鲅鱼肚皮的手，觉得这手可真不多见。

"这鬼天气！死冷……有酒么？""眼镜"说。

老刚阴沉着脸："没有。有酒也没有菜。"

"有条鱼不就行么！""眼镜"冲一边的黑瘦青年挤了一下眼。

"没有鱼！没有！"老刚愤愤地说了一句，有些得意地看了金豹一眼。"再说你不嫌你爸的孬酒辣嘴吗？"

金豹讨厌这个"眼镜"，也讨厌他挤眼睛。金豹不明白海边上怎么出了这么个背着双筒猎枪、不管老父亲的人。他早就不耐烦，这时"哼"了一声，从铺子角落里站了起来，干瘦的脸上堆满了嘲弄的笑容。

助理工程师不解地看看他，叫了一声"豹伯"，往父亲一边挪动了一下。金豹笑着说："又白又胖，你长得好！手和鱼肚那么细，我们的手和老槐树皮差不多，上面还有血口儿。这是捉鱼捉的。你从来不管我们，只是冻疼了，才躲进这铺子要酒喝。嘿嘿！"

"眼镜"脸红了。他咬了咬嘴唇。

金豹继续说："看见你爸住的地方了么？进门时要使劲弓

起腰，铺子里也全是沙子。不错，有酒喝，不过杯子砸了，用蛤蜊皮盛酒。你也该送个杯子来啊……"

黑瘦青年觉得有趣地笑了。"眼镜"有些恼怒地说："我跟我爸要，又不是跟你要！"

金豹笑容没了。他暴躁地说："你爸的事情我说了算！你是谁的儿子！你也进这铺子？你该滚到雪地里去。"

老刚慌慌张张地站起来，大声地咳嗽着，站在儿子和金豹中间。

助理工程师气得身上抖动起来。显然他很少有这样气愤的时候，这时用手推一推眼镜，执拗地说："我偏要……待在这儿！"

金豹扩了扩胸，又搓弄着手掌。他像在故意活动着筋骨。他急促地说："我让你走！我让你走！"一边说，一边要用手推开挡在中间的老刚。他的脸像喝足了酒一样红，每一条皱纹都在可怕地活动。

黑瘦青年捡起猎枪，拉着"眼镜"的手出了铺门。"眼镜"回转身嚷着什么，往雪地里走去了。

老刚追出铺门，好像要说什么，但他吐出一口气，蹲了下来。

金豹愤愤地盯着远去的两个黑影："儿子这东西，没有也就算了。有，就让他像个儿子的样子！"

"逮到那鱼了吗？"老刚有气无力地问。

金豹摇摇头。他看看外边的天色，说："我身上筋骨老要疼。这都怨我们抬那条舢板抬的。和你儿子干一架，这会儿身上轻了点……"

老刚哭丧着脸笑了笑。

他们走出门来，向着金豹那个渔铺子走去。海是灰的，天是灰的，茫茫的一片灰暗阴沉。海边的雪积得更厚了。雪花儿落得差不多了，又开始飘细碎的冰凌。他们"吱吱"地踩着它。昏暗的海面上，隐隐约约看出一条小船。金豹说："看到了吗？这样天还有人出海。肯定是年轻人，年轻人才做这种险事情。"说到最后一句，他又想到了老刚的儿子，不由得大声骂了一句。老刚怪异地看看他问："骂谁啊？"

金豹摇摇头："我是说，年轻人欺负老头子，是以为老头子不敢跟他干架。老头子又怕什么！老头子的筋骨才硬……"

老刚没有做声。

金豹先一步走到铺子跟前，掀开铺门说："哎哎！要是里面有条焖鱼多好啊，这么大雪的天……"

三

他们到了铺子里都喘息起来。金豹一边喘着一边从角落里端出一碗咸鱼，又从沙子里摸出了那瓶酒。

两个人默默地喝着酒。金豹捏酒盅的手有些颤抖，那酒老要泼出来。金豹说："我们是老了，手也抖了。"

老刚说："我的手不抖。"

咸鱼放得时间长了些，又硬又咸，两个人用力地嚼着。酒很醇厚，又是热透了的，喝得他们鼻尖上渗出了汗珠儿。老刚说："就缺那条焖鱼了。如今人变灵活了，鱼也变精巧了。"金豹点点头："人是变精了。去年划分渔业承包组，年纪大的，人家不愿要哩。"老刚说："你这把年纪了，还不是也进了承包组。"金豹喝了一大口酒，抹抹嘴巴说："比我么？我这样的老把式，他们争还争不到哩！"

外边有了一些风。两人听到风声，都放了盅子走出来。雪花舞得厉害了，它们想方设法钻到领子和袖口里。老刚说："你看云彩有多么低。"金豹眯着眼端量了一下，说："雪停不了，再一刮风，海边上准会旋起一道道雪岭子。"

他们重新钻回铺子里喝酒了。

咸鱼又硬又咸，他们费力地嚼着，倒也一时忘了那条焖鱼……近午时分，承包组里有人冒雪送来烟酒、干粮，这使两个老人很高兴。他们从来人嘴里得知：海上那条小船是小蜂兄弟在挖蛤蜊，蛤肉卖到龙口镇上，一天能得半百……

老刚吱吱地吸着酒。金豹一直没有做声。他由拼命积钱的小蜂兄弟想起了别的事情。

他想起了自己那个"小屋"。

那个小屋是老婆得病时卖掉的。老婆死的时候，他才四十岁。他没有了小屋，村里要帮他盖，他摇摇头挡过了。他住到了海边的渔铺里，似乎再用不着那个小屋了。可是人没有一幢小屋怎么行！他一时也没有忘掉那个小屋，做梦都梦见它。他默默地攒钱，攒呀攒呀，准备盖一幢漂亮结实、只有一门一窗的小屋……常和他在一起的老刚也不知道，他的钱就缝在这渔铺的枕头里。夜里睡觉时他想：我的头枕着一座小屋呢。

金豹这时不由自主地盯住了他的"小屋"。老刚瞧瞧他，他才把目光从土台的枕头上转到酒杯上。

两人都不说话。他们之间也用不着说多少话。老刚推一推杯子，金豹就知道他想吸一口烟，于是扔过一支烟。金豹撕下鱼脊背上那道黑皮儿肉，老刚知道他特意留下了多油、味美的尾巴。老刚满意地吃着鱼尾巴。两个人喝去了多半瓶。

风把渔铺子吹响了。老刚盯着铺门缝隙里旋进来的雪花，轻声咕哝着："唉，待会儿风搅起雪来，他们会在大海滩上迷路……"他说着，起身去拨炉里的火。

金豹放了杯子。他知道老刚牵挂着打猎的儿子。他看了看老刚生了白胡茬的脸，没有做声。这就是做父亲的啊，再不好的儿子还是儿子！

风的确慢慢大起来，小沙子奇妙地穿透铺子飞进酒杯里。金豹记起该去看看舢板，就和老刚走出来。海里的涌多起来，岸边的浪花白得像雪，用力地往前扑着。他们给舢板的锚绳一个个加固了，又将无锚舢往上抬了抬。一切做完之后，金豹和老刚坐在一个反扣的小船上吸烟，看着海。哪年的冬天都下雪，今年这场雪却似乎太大了些。

有什么东西从东北方向漂移过来，渐渐大了、清晰了。金豹一直盯着，对在老刚耳朵上说："也许会发财的。"

这里的海边有个规矩：大海漂来的东西，谁先发现的，就属于谁。金豹和老刚慢慢都看清那是一粗一细两根圆木，粗的那根可以做屋梁。金豹又兴奋地想到了那个"小屋"。他跳下船来，又让老刚回铺子取绳索、长柄抓钩。

老刚跑开了。西北方驶来了小蜂兄弟的船。

金豹和老刚将圆木拉到了岸上。他们的半截裤子都湿了，冻得瑟瑟发抖。金豹却十分高兴，他大声喊了一句："小屋有了大梁……"他的喊声使老刚莫名其妙。

小船也靠了岸，跳下了小蜂兄弟。小蜂见了圆木就嚷："金豹啊，你真会捡便宜！我们从深海里就盯上了，随木头上来的，你倒伸出了抓钩。"

老刚慌促地瞅了金豹一眼。

金豹拧着裤脚的水。他坐下来吸着烟，吩咐老刚说："歇会儿，喘匀了气，再往回拖。"

小蜂蹦到眼前来了："你拖不走！"

金豹眯上眼睛："哼哼，我睡了半辈子渔铺，眼里揉不进沙子。圆木从东北漂来，你的船从西北来，你看见了圆木？"

小蜂的脸血红血红，他眼盯着结了盐花的木头，发狠地喊着，凑了过来。金豹抛了手里的烟蒂，将两只硬硬的黑拳拉在了腰边。他咬着嘴唇，瞪起眼睛，前额的皱纹积起又厚又深的一层。老刚在他耳边嚷什么，他一句也没有听见。

小蜂对他的兄弟使了个眼色，接着弯腰抱起圆木的一端。金豹的拳头只一下就让小蜂额上起个包。小蜂倒在地上，却巧妙地趁势用脚蹬倒了金豹，令人难以置信地一滚就翻身蹿起来，抓住圆木，两兄弟一起扛着跑起来。

金豹一声不吭，举起抓钩，弓着腰追去。

老刚看着金豹飞也似的跑势，惊呆了。他看到金豹紧追几步，狠狠地把抓钩抡了个圆弧抓下来，抓住了一根圆木……两兄弟扛着那一根跑着。

抓下来的是那根细小的。

两兄弟在远处喊着："有一天渔铺子着了火，烧死你这根老骨头！……"

金豹浑身的肌肉都在颤抖。他用粗壮骇人的声音骂道："两个畜生，两个贪心贼！我烧不死！"

四

两个老人一点一点地将圆木拖回来，放到了铺子的尖顶上。

"它能做条檩。"金豹声音细弱地说了一句，钻到铺子里去了。

他躺在一团发黑的网线上，紧紧地闭着眼睛。老刚凑到身边，端量着这张布满深皱、生了黑斑的脸。他发现金豹的眼睫毛已经很稀了，有的断掉半截，硬硬地挺着。他喘得很急促，很用力，鼻孔张开老大。老刚想对这两个黑洞似的鼻孔议论几句、开几句玩笑，可他现在不敢。

"他依仗着年轻，硬抢走我一根屋梁！"金豹愤恨地说。

老刚肯定地说："是抢走的。"

"我是看海的人，倒被别人抢走了东西。这是欺负老人。你看，我一天干了两架，全是跟年轻人。"金豹站了起来，把那只又黑又硬的拳头举起来。

老刚看清了那只拳头。他发现有两根手指歪斜着，从根部起就歪斜。他料定那是过去的日子里打折的。那该有多疼啊！老刚咬着牙想。

"嘿嘿！血气方刚的年轻人！让他们知道，老头子里面也有爱干架的。"金豹说着，又找出一条生咸鱼，放在炉口上烘着，拿出酒来倒满两个酒盅。

外面的风呼呼地吹着，有雪花儿从门缝里钻进来。铺子里很暖和，小炉子又"噜噜"地叫了。这使两个老人兴奋起来。你一盅我一盅地对饮。

烟气充满了铺子，他们不停地咳嗽。透过烟气，金豹看见老刚的脸色那么阴冷。他问："老刚，你怎么了哩?"老刚轻声说："我在想我这一辈子。"

金豹不做声了。

金豹知道老刚的一辈子都在海上，跟自己一样。不同的是他有一个儿子，自己没有。这一辈子都在跟大风、跟山一样的浪涌斗，死过，但终于还是活过来。可是后来，和自己一样，还是被大风和浪涌赶上岸来。他们只能趴在岸上看浪涌了。金豹长叹了一声。

老刚说："我们都老了。老得真快啊！"

金豹说："回头看看这一辈子吧，也该老了。我不记得使烂了几条船、让海浪打散了几条船；有的船还是崭新的，我就扔给大海了，一个人赤条条地往岸上爬。有一年冬天我靠一个浮篓游了二十里，奇怪的是没有冻死！"

"不知道这辈子打了多少鱼，"老刚抄着衣袖，头低着，下颏使劲抵住胸骨说着，"那时候鱼真多，堆到海边上，买鱼的扔下几个钱，就任他背。小时候听见上网了就往岸上跑，老父亲在渔铺里捧出一碗冒白气的鲜鲅鱼，说：'小孩子，多吃鱼少吃干粮，反正也不下海！'那时候鱼真多……"

金豹点点头："都是吃鱼长大的。那时节见了玉米饼子馋得流口水。嘿嘿，今天没人信这话……我第一次进海放钩子钓鱼，差点让一条带鱼咬断了大拇指。那时候全仗年轻啊，身上划条小口子，血流那么多，全不在乎。我冬天落进水里不止一次，海里的冰矾割开我的肉，我就咬着牙。海水墨黑墨黑，大浪吼得吓人，也不知掉在哪片老洋里了的，心里想，死是定了的。不过就那样死了还嫌太早，这时候可真难过。一个人不愿死硬要他死，这时候可真难过。"

老刚笑了几声。

"我这一辈子在风浪里钻，就想在没风没浪的地方盖一幢小屋子。"金豹苦笑一声："我是生在渔铺子里的，老渴望有一幢结结实实的小屋子。直到解放才有了一座屋子，也有了媳妇。那几年的日子我下辈子也忘不了！媳妇是个好东西啊……有一年她病了，馋一条鲈鱼，你知道鲈鱼可不好整。有个老头子不知从哪儿弄了一条，要我用一个旋网换，讨价还价，怎么说也不行，非要一个旋网不可！我气急了，夺下来就跑，随手扔下五块钱……"

"这么说你也抢过别人的东西啊。"老刚插了一句。

金豹点点头："不错。我那时候也年轻，也是抢一个老头子的东西，像小蜂他们一样。也许人年轻的时候都要抢点什么的。还有一次在桑岛，让我们用船运水抗旱。中午吃干粮渴得嗓子冒烟，驻村干部从提包里掏出小暖瓶喝起来，跟他要一口都不给。我那回夺下了他的小暖瓶。后来，你知道——你肯定听说了，那东西找碴儿，说我要破坏一条机帆船，在队部关了我一个星期！……"

金豹笑起来，使劲用手捶打自己的腿："事情也巧，后来有一次他坐我的船（他认不出我了），我好好调理了他一下，呕得他脸色蜡黄。这东西看来官也做得不小了，小口袋上光钢笔就有三支。我把他呕得脸色蜡黄……我这辈子，你看，抢过别人，也被别人抢过。可按住心窝问一问，伤天害理的事咱没做过。"

"你的媳妇也是抢的。"老刚闷声闷气地说。

金豹不认识似的盯着他，随手斟满了杯子，轻轻地吮着。他直看得老刚笑了，这才说话："我不抢走她，她要上吊哩……那晚上，也是大雪，我把她抱在船上，抢出岛子来。只可怜了老丈母娘，听说她哭闺女哭坏了眼……"

金豹难过起来，默默不语了。

铺子里面黯淡下来，他们在炉台上点了油灯。金豹吸着了烟，盯着自己的脚，长长叹一口气说："小蜂兄弟怎么成这个样？你那宝贝儿子怎么就背起了两个筒子的猎枪？……"老刚低下头，没有吭声……坐在铺子里有些闷热，他们想到外面活动一下腿脚。昏蒙蒙的雪野，此刻滚动着千万条雪龙了！风肆无忌惮地吼叫着，绞拧着地上的雪。天就要黑下来了。他们差不多一刻也没有多站，就返身回铺子里了。

金豹重新坐到炉台跟前，烘着手说："这样鬼天气只能喝酒。唉唉，到底是老了，没有血气了，简直碰不得风雪。"

"这场雪不知还停不停。等几天你看吧，满海都漂着冰矾。"老刚还在专心听着风雪的吼叫声。

"唉，老了，老了。"金豹把一双黑黑的手掌放在炉口上，像烤一条咸鱼一样，反反正正地翻动着。"就像雪一样，欢欢喜喜落下来，早晚要化的。"

老刚点点头："像雪一样。"

金豹望着铺门上那块黑乎乎的玻璃："还是地上好，雪花打着旋儿从天上下来，积起老厚，让人踏，日头照，化成了水。它就这么过完一辈子。"

"人也一样。都是在地上被别人踏黑了的。"老刚的声音有些发颤。他的眼睛直盯住跳动的灯火，眼角上有什么东西在闪亮。

金豹慢慢地吸一支烟，把没有喝完的半瓶酒重新插到沙子里去。他活动着胳膊，畅快地伸着腰，嘴里发出"哎哟哎哟"的声音。他叫得很舒服。他说："我这名儿是老父亲给的。我这脾性也真像个'豹子'，我刚才还干了两架。我老了，不过是头'老豹子'！哈哈……"

金豹大笑起来。老刚觉得老伙伴是醉了。

五

由于风雪阻隔，老刚只得睡在金豹的铺子里了。两个老人挨在一起，闭着眼睛各自想心事。老刚想他的儿子——这时已经背上猎枪回那个家了。那个家他见过，很小，很漂亮，还有暖气。这样可以烤烤冻透的身子。儿媳妇是个很厉害的城里人，老刚只见过两面，不过他已经知道她很厉害。不知怎么，老刚突然想儿子是让她用城里的什么法儿给制住了的，所以他背上了双筒猎枪，不管老子了——外面什么东西"吱哟、吱哟"地响，老刚听了不安地坐起来。金豹躺着说："不知道哪里被风吹的，海滩上就这样。有一年人家告诉我：夜里老有个女人喊'腿呀，我的腿呀'——你在海滩上走一步，那喊声也远一步，可能是落水的鬼魂，在这儿折了腿。我就不信，后来一找，嘿！是浪推着船尾巴，船上两块木头磨出的声音，听起来尖尖的，可不就像个女人！……睡觉吧。"

老刚躺下了。金豹自己却睡不着。那个"吱哟"声搅得他心里烦躁躁的。他侧身吸着烟，静静地听外边的声音。海浪声大得可怕，他知道拍到岸上的浪头卷起来，这时正恶狠狠地将靠岸的雪坨子吞进去。他惯于在骇人的海浪声里酣睡，可是今晚却睡不着了。仿佛在这个雪夜里，有什么令人恐惧的东西正向他慢慢逼近过来。他怎么也睡不着。停了一会儿，他扔了烟蒂，披上破棉袄钻出了铺子。

刚一出门，一股旋转的雪柱就把他打倒了。他大骂起来——这股雪柱硬得真像根木柱。眼睛耳朵全塞了雪，头被撞得有些懵。金豹惊惧地"哼"了一声，望着四周，真不敢相信自己的眼睛。海浪和风雪一齐吼叫，像嘶哑的老熊。海底也许有一面巨大的鼓擂响了，震落了空中堆积一天的云彩，抖动了整个儿海。金豹趴在雪粉里听着无处不在的"鼓点儿"，心里奇怪地也咚咚跳起来。他突然想起了白天搬动的舢板，加固的锚绳也不保险哪！他像被什么蜇了似的喊着老刚，翻身回铺子去了。

……凭借雪粉的滑润，他们将几个舢板又推离岸边几丈远。彼此都看不见，只听见粗粗的喘息声。他们不敢去推稍远一些的小船，怕摸不回铺子。这老天和海真是发疯了啊。金豹说："全仗着喝了一天酒啊。酒真是个好东西。"老刚喘得说不出话，用力拽着绳索，嘴里发出"哎、哎！"的声音，算是应和。有一次他拽得不妙，脚下一滑跌到了棉绒似的雪粉里，好长时间才挣扎出来……

他们的手脚冻得没有了知觉，终于不敢耽搁，开始摸索着回铺子了。金豹不断喊着老刚，听不到回应，就伸手去摸他、拉他。有一次脸碰到了他的鼻子，看到他用手将耳朵拢住，好像在听什么。

老刚真的在倾听。他在听一种奇怪的声音、一种铺老才分辨得出的声音。听了一会儿，他的嘴巴颤抖起来，带着哭音喊了一句："妈呀，海里有人！"

金豹像他那样听了听。

"呜喔——哎——救救——呜……"

是绝望的哭泣和呼喊。金豹跳了起来，霹雳一般吼道："是小蜂兄弟俩！他们上不来了！"

"听声音不远！"老刚身上抖起来，牙齿碰得直响。

金豹跺着脚："让浪打昏了头，两个发横财的家伙！小蜂——小蜂——！"金豹在浪头跟前吼起来，浪头扑下来，他的身子立刻湿透了……老刚喊了一阵，最后绝望地说："不行了，他们听见也摸不上来，两兄弟不行了……"

金豹张开手臂，像要用他那对可怕的拳头威胁着什么一样。他奔跑着，呼喊着，不知跌了多少跤子。伸开手在雪地上乱摸——他想摸些柴草点一堆大火：被海浪打昏了头的人，只有迎着火光才能爬上来，金豹想按海上规矩，为小蜂兄弟点一堆救命的火。厚厚的大雪，哪里寻柴草去！最后他一声不吭地站在了老刚身边。这样站有一分钟。突然他说了句："点铺子吧！"

他的大手紧紧抓住了老刚的肩膀。

老刚的骨头都被捏疼了。他知道只有这个法子了，往常也有人用过这个法子。可是金豹的铺子搭满了闲置不用的网具、杂什，是他们承包组的全部家当啊。老刚声音颤颤地点头说："快，快搬开铺子上的东西吧，你搬里边，我搬外边……"

老刚的两只大手在厚厚的雪粉里掏着网具，却被一团尼龙丝线套住了。他大骂着，挣脱着，手腕挣出来时被勒出了血。他还在拼命地挣着，嘴里还奇怪地叫着："金豹啊！金豹啊！"

金豹一丝声音没有，也没见他往外抱一件东西。老刚钻到铺门里一看，一下子呆住了：

金豹想从火炉里引火点铺子——火炉子不知啥时熄灭了，

他正用颤抖的手划着火柴……老刚一巴掌打落了金豹的火柴盒，吼道："跟我出去，你这头豹子！"金豹咬着嘴唇，抖着结了冰凌的胡子，睁开通红的眼睛看了看他的老伙计，猛然伸出那只钢硬的拳头，"扑哧"一声砸过去……

老刚被打出铺门，趴在雪地里差点昏过去……他是在一片"噼啪"的燃烧声里爬起来的。

大火燃起来了！风吹着，熊熊烈火四周容不得冰雪了。尼龙网具在火中爆出银亮的、油绿的光色。天空、空中飞旋的雪花，都被映红了；雪地上，远远近近都是嫣红的火的颜色。狂暴的风雪比起这团大火好像已经是微不足道的了……老刚被大火烤得全身发疼，他奔跑着，喊着金豹。可是火边上没有金豹的影子了。

金豹早钻到了水浪里。他这时正盯着水里的那团黑影。黑影近了，是抱了一块木板的小蜂。金豹拖上小蜂，刚迈开一步，就被一个巨浪打倒了，他爬起来时，看到老刚也拖着一个人……他们把两兄弟抱到了大火边上。

小蜂兄弟俩的衣服差不多被海浪全撕光了。他们的皮肤光滑得很，在火光下发红，冒着白汽。他们的脑壳儿上紧贴着油亮亮的头发，显得很圆，很好看。烤了一会儿，两个身体蠕动起来。

正在这时候，金豹和老刚听到了大火的另一边有一种奇怪的声音。他们跑去一看，惊得说不出话——从雪地里、从黑夜的深处滚来了两个"雪球"！"雪球"滚到大火边上才放展开，让他们看出原来是两个人。老刚低头瞅一瞅，惊慌地捏住其中一个的手说："这是我儿子！"

原来他们终于没能冲出茫茫原野，在漫天的雪尘中迷路了！像小蜂兄弟一样，他们左冲右突，终于知道自己注定要冻死在这个雪夜里了，可他们绝境中望到了奇迹——一团生命的大火在远方剧烈燃烧，爆出了耀眼的白光！他们流着眼泪，爬过去，滚过去……

火势渐渐弱下去，那一堆炭火却红得可爱。小蜂兄弟能够坐起来了，他们看看炭火，看看远处的黑夜，叫着金豹和老刚的名字，放声大哭起来。

两个年轻猎人的双筒猎枪早已不知抛在哪里了。他们的一身冰坨融化着，水流又渗进沙子里。助理工程师颤声叫着："爸！豹伯……"

他们和小蜂兄弟一块儿跪在了两个老人面前……

两个老人身披长长的雨衣和棉袄站着，一动不动。炭火把他们笔直的影子印在了雪地上。

六

他们将四个年轻人送到老刚的铺子里时，天已近明，风雪势头明显地弱下去了。就像被什么驱使着，两人很快又回到了烧掉的铺子那儿。

火完全熄灭了，余下一堆黑色的灰烬。

他们盯在灰烬上，眼睛都不眨一下。是一个承包组流血流汗置起的全部家当啊！两个人不由得害怕起来。

金豹除此之外，还感到了揪心的疼痛。他简直不敢去想：慌促之中，他竟然忘掉了那个藏下一座"小屋"的枕头！他亲手烧掉了自己的一座"小屋"啊！

老刚嘴唇哆嗦着："烧了，一把火烧这么干净……"

金豹两手捧着脑袋，没有做声。他多想告诉老伙计这桩隐藏了多半辈子的秘密，告诉他亲手烧掉的这座"小屋"……可是他终于忍住了。昏暗中，他一个人在无声地哭。

……雪慢慢停止了。风还在刮着。地上的雪片飞起来，想将那堆灰烬盖住，但终于也不能够。金豹蹲在那儿，突然想起了什么，他走到灰烬上，用力地扒着。他沾了一身灰土，终于扒到了：一个酒瓶，已经烧裂成了几片……

太阳出来后，天边的白雪耀眼地明。天蓝得真可爱啊！很多的人又踏着积雪到海边上来了。人们不可能一连几天把海忘掉，他们其中的好多人是在风雪之后，不由自主地走到海边上来的。积雪很厚，还横着一道道雪岭，人们艰难地、兴奋地走着。

大家都来看烧掉的渔铺，从一堆很大的灰烬上想象开去，极力想象出当时那团白亮的大火。

　　承包小组很快来搭了新铺子。新铺子当然和老铺子搭得一样，只是上面没有了那些网具。事情再明白没有，似乎没有人责备两个铺老。村领导调查之后，决定给这个承包组一些经济补助，并表彰了两个老人当机立断的精神。金豹感动地说："这有什么，我们不过是到时候划了一根火柴！"

　　以后有人赞扬他们的时候，老刚也说："这有什么，我们不过是划了一根火柴！"

　　金豹在心里问着："只是划根火柴吗？"他痛苦地摇着头："烧了那么多东西，烧了我一座屋啊！"他清楚地记得从小蜂手里夺下的那支"檩子"也一起烧了——开始它只是冒烟，好像有些害羞的样子，后来便爆出红的火舌来，快乐地烧掉了……

　　这个夜晚，他特意留下老刚睡新铺子。他说要和老刚说话。但是躺下之后，他却什么话也没有了。他仰面躺着，听着大海的潮声，想了那么多往事。他闭着眼睛想着，突然觉得有好多话不是跟老刚，而是要跟自己交谈……一个低沉的声音在心底问着："你如今老了吗？"自己回答道："觉得是老了。筋骨常常疼。""你最近想起了死吗？""不想死。不过要死也不怕。""你的小屋呢？""烧了。""烧了？！""……不，已经盖起来了。它盖了一辈子，前几天夜里又加了一片瓦……"

　　……他跟自己谈着话，终于感到了疲倦，带着欣慰的笑睡去了。

　……

　这一觉睡得很长很长。待醒来时，他们就兴奋地踏着积雪去捉鱼了。

　鱼捉到了。金豹做焖鱼的手艺是很绝的……两人喝了那么多酒！他们好长时间没有这样兴奋过。铺子里面有些热，他们后来走到了铺子外的雪地上。

　一片洁白的原野上，已留下了道道脚印。海边上，海风旋起的高高的雪岭上，被赶海的人踏出了几条通路。雪粉上留下了辛苦的渔人的脚泥，掺进了的沙土。阳光下，大雪已经开始融化了……金豹看着雪地说："多少人都驾船进海了。你看赶海人的胆子。我老想进海试试，我不比年轻人差，前几天，我还一口气跟他们干了两架。我一拳就打倒了小蜂，这个你记得。"

　老刚庄严地点点头。他这会儿突然发现脚下融化的雪地上，正生出一株嫩嫩的芽儿，就惊奇地指给金豹看。

　金豹也看到了：一株小草，很绿很绿的……

1984 年 1 月

梦中苦辩

在这个小小的镇子上，任何一点事情都传得飞快。新来了一个会算命的人啦，谁家生了一个古怪小孩啦，码头上的一艘外国船要卖啦，等等。所有传闻大都与我无关。

但现在传的是：镇上要打狗了。根据以往经验，我相信会有这样的事。接着又传出，打狗从今天一早就开始了——看来事情准确无疑了。

不幸的是我有一条狗，已经养了七年。我不说这七年是怎样与它相处的，也不说这狗有多么可爱，什么也不想说。消息传来时，全家人都放下手里的活儿，定定地望着我。它当时正和小猫逗玩，一转身看到了我的脸色，就一动不动了。

家里人走进屋，商量怎么办。送到亲戚家、藏起来，或者……这些方法很久以前都用过，最终还是无济于事。他们七嘴八舌地商量，差不多要吵起来了。有人说已经从镇子东边开始干了，进行到这里也不需要多久。妻子催促我："你快想办法呀！"孩子揪住了我的衣襟。我一直在看着他们，这会儿大声喊了一句："不！"

这声音太响了。他们安静了一会儿，互相看了看，走出去了。

整个的一天外面都吵吵嚷嚷的。我把它喊到了身边。我们等待着。

这个时刻我回忆了以前养过的几条狗。它们的性格、长相都不同，但结局是一样的。我又闻到了血的气味。

有人敲门，我站了起来。进来的是邻居，他要借东西，爱人拿给他，他走了。两个钟头之后又有人敲门，我又一次站起来。——这一回是孩子的朋友来玩……天黑了，我对家里人说："把门关上吧！"

这个夜晚我睡不着了，总听到有人敲门。我不止一次从床上欠起身子，妻子都把我阻止了。她说这是幻觉。可我睡不着啊。

半夜里，她睡着了。就在这时候，我异常清晰地听到了重重的敲门声。我再也不信什么幻觉，立刻起来去开门。

门开了。有一个穿了紧身衣服的年轻人笑着点了点头，闪进来。他蹑手蹑脚的，背了枪，挎了刀。我明白了。我尽量平静地问："轮到我了吗？"

"是的。"他笑一笑，将刀子放在桌上，搓了搓手。他坐下，问："有烟吗？"

我把烟递给他。

他慢慢吸着烟，一点也没有焦急的样子。我知道他从镇子东边做起，做到这儿已经十分熟练、十分从容了。或许他本来就是个操刀为业的人。我心里为他难过。他还这么年轻，正处在人一生最美好的年纪里。我看着他。

他被看得多少有点不好意思了，揉了烟站起来说："开始吧。它在哪？来，配合我一下……"

他弯腰紧了紧鞋子，又在衣兜里寻找什么。

我冷静地、每一个字都很清晰地告诉他："不用找它了。我也不会配合你。我不同意。"

他像被什么咬了一下，猛地抬起头。这回是他端量我了。他有些结巴地问："为、为什么？"

"因为我不同意。"

"你——？"他按在桌上的手小心翼翼地抬起来，"这是镇上的规定。再说，你不同意，有什么用？"

我再不做声。我等待他的行动。这时候我觉得自己的两臂，还有拳头，都在抖动。我等着他的行动。

可他偏偏坐下来了。他说："自己家养的东西，谁愿意杀。可没有办法，要服从公共利益。你这么大年纪了，这些道理应该明白……"

"我不明白！我不明白一条狗活得好好的，为什么要把它杀掉。我的狗从不自己跑出这个院子，它危害了什么？它咬人吗？它从生下来就没有伤过一个人！怕传染狂犬病吗？它一直按要求打针，你看它脖子上的编号、铜牌……不过这些都来得及谈，我现在要问你的还不是这些，不是。我要问的是最最起码的一句话，只有一句。"

他惊愕地望着我，问："什么话？"

"谁有权力夺走别人的东西——比如一条裤子，谁有权力夺走它？"

他很勉强地笑了笑："谁也没有这个权力。"

我点点头："那么好。这条狗就是我的，你为什么从外面走进来，硬要把它杀掉呢？"

"这是我的工作！我是来执行规定的！"他提高了嗓门，有点像喊。

我也提高了嗓门："那么说做出这个规定的人，他们就有权力去抢掠。你在替他们抢，抢走我的东西！"

他大口地呼吸着，不知说什么才好。

"有些人口口声声维护宪法，宪法上明明规定公民的私有财产得到保护——只要承认这是我的狗，而不是野狗，那么它就该得到保护。这种权利是宪法上注明了的，因而就是神圣的……"

那人发出了尖叫："你的狗是'神圣'的？"

我不理会这种尖叫："……如果我没有记错，这个镇上已经强行杀狗十一次，几乎每隔几年就要来一次，也就是说十一次违背宪法。我怀疑他们嘴里的宪法是抄来的，是说着玩的。镇上人失去了自己的狗，难过得流泪，有些人倒觉得这种眼泪很好玩，每隔几年就让大家流一次。不，这种眼泪不流了，我要说出两个字：'宪法'！……"

一股热流在我身上涌动。我知道自己已经相当激动了。面前的年轻人盯着我，像在寻找着什么机会。他突然理直气壮地说："狗咬人，人得病，那么就是'危及他人人身安全'！"

"它危及了谁，就按法律惩罚好了！但我的狗明明谁也没有伤害。可你要杀它。原来这种冷酷的惩罚只是建立在一种假设上！一个人可能将来变为罪犯，但谁有权力现在就对他采取严厉行动？你没有行动的根据。到现在为止，我的狗还是一条好狗；它下一秒钟咬了人，下一秒钟就变成一条该受惩罚的狗。不过它现在冲进来咬了你，你倒应该多多少少谅解它一点……"

"为什么？"

"因为你要无缘无故地把它杀掉。"

"我真遇到怪事了！"他气愤地看了看表，又瞅瞅桌上的刀子。"我们几个人分开干，我负责完成这一条街。这下好了，全让你耽误了。"

我长长地吐了一口气，拍拍他的肩膀："坐下吧，小伙子，坐下来谈个重要的问题——怎么保护自己的东西、什么是自己的东西。你可不要以为我老糊涂了,连什么是自己的东西都分不清。在我们这儿,这个简单的道理早给搅乱了。比如你就能挨门挨户去杀死别人的狗,原因就是分不清什么是自己的。街道上,一天到晚都响着高音广播喇叭,吵得别人不能读书也不能睡觉。这就是夺走了别人的安静。人人都有一个安静,那个安静是每个人自己的东西。再比如……太多太多了,这些十天八天也讲不完,你还是自己去琢磨吧……"

"我不愿琢磨!"小伙子有些不耐烦地打断我的话。他白了我一眼,伸手去摸烟。他吸着烟,头垂下去,像是重新思索什么。他咕哝说:"养狗有什么好?浪费粮食。镇上有关部门核算过,如果这些粮食省下来,可以办一个养猪场,大型的!"

我不知听过多少类似的算账法。我真想让小伙子把那个先生即刻请来,让我告诉他点什么!我对小伙子说:"粮食是我自己的,是我劳动换来的,我认为用粮食养狗很好;你认为是一种浪费;那是看法不一致。你只能劝导我,但不能把自己的看法强加给我。还有,我可以从狗的眼睛里看出微笑,一种特别的微笑——这种微笑给我的安慰和智慧,是你那个先生用养猪场可以换取的吗?"

他不安地活动一下身子,小声说了句什么,说完就笑。

"你说什么?"

"我说精神病!"

我冷笑道:"不能容忍其他生命,动不动就要屠杀,那才是丧心病狂。我刚才强调它是自己的东西，强调它不能被随意掠夺和伤害，只不过是最最起码的道理——事情其实比这个还要复杂得多、严重得多！因为什么？因为它是一个生命！"

"什么？"他又一次抬起头来。

"它是一个生命！"

他撇撇嘴巴："老鼠也是一个生命……"

"可它毕竟不是老鼠！它毕竟没有人人喊打，恰恰相反，它与人类友好相处了几千年，成为人类最忠实最可靠的伙伴。那么多人喜欢它、疼爱它，与它患难与共，这是在千百年的困苦生活中作出的抉择和判断，是在风风雨雨中洗炼出来的情感！你也是一个人，可你把这一切竟然看得一钱不值！我不明白你了，我害怕你了，小伙子！我怕的不是你的刀枪，我怕你这个人！我怎么也不明白你会面对那样的眼睛举起刀子……那是什么眼睛啊，你如果没有偏见，就会承认它是美丽无邪的。你看它的瞳仁，它的睫毛，它的眼白！我告诉你吧，没有一条狗能得到善终，你弄不明白它有多长的寿命——它其实活不了太大的年纪。一条五六年的狗就知道什么是衰老，满面悲怆。你注意去研究它们吧，你会发现一双又一双忧郁的眼睛。它们老了，腿像木棍子一样硬，可见了人仍要把身体弯起来贴到他的腿上，就像个依恋大人的孩子。它太孤独无援了，它的路程太短暂了，它又太聪明，很快就知道关于自身的这一切，于是变得更加可怜。它心中的一切没法对人诉说，它没有语言或者没有寻找到人类可以接受的语言。它生活在我们中间，就像一个人走到了完全陌生的国度里。它多么渴望交流，为了实现一种交流不惜付出生命。它自己待在院子里，当风尘仆仆的主人从门口进来的时候，它每一根毛发都激动得颤抖起来，欢跳着，扑到他的怀里，用舌头去温柔他，眼睛里泪花闪烁……我不说你也会想象出那个场景，因为每个人都见过。你据此就可以明白它为人类付出了多少情感，这种情感是从内心深处迸发出来的，没有一丝欺骗和虚伪。由此你又可以反省人类自己，你不得不承认人对同类的热情要少得多。你进了院子，它扑进你的怀中，你抚摸它，等待着感情的风暴慢慢平息——可相反的是它更加激动，浑身颤动得更厉害了。你刚刚离开你的家才多长时间呀？一天，甚至不过才半天，而它却在这短短的时间里孕育出如此巨大的热情。你会无动于衷吗？你会忽略它的存在吗？不会！你不知不觉就把它算作了家庭中的一个成员。所以，你看到那些突然失去了狗的人流出眼泪、全家人几天不愿言语，完全应该理解。这给一个人、一个家庭留下的创伤是无法弥合的，是永久的……"

小伙子一直用手捧着双颊，这会儿不安地活动了一下身子。

"我丝毫也没有夸大什么。我甚至不敢回想前一条狗是怎么死的。那时也是传来了打狗的消息，也像现在这样，全家人心惊肉跳。那是一条老狗，它望着我们的眼神就可以明白一切。当我们议论怎么办的时候，它自己默默地走进了厢房。厢房里放着一些劈柴，它就钻进了劈柴的空隙里。我们以为它这样藏起来很好，就每天夜里送去一点水和饭。谁知道送去的东西一点也没有见少，唤它也没有声音。我们搬开劈柴，发现它已经死了，一根柴棒插在脖圈里，它绕着柴棒转了一圈，脖圈就拧得紧紧的。它自杀了。它的眼睛还睁着。全家人吓得说不出话，怔了半天，全都哭起来。当时我的母亲还在，她拄着拐杖站在厢房里，哭得让人心碎。你想一个白发老婆婆拉扯着这么多儿女，还有一个多灾多难的丈夫——我停一会儿再讲他的事情——她一生的眼泪还没有流完吗？她哭着，全家人更加难过。母亲的哭声做儿女的不能听，如果听了，就一辈子也忘不掉。我们把老人扶走，可她不，她让我们把狗抬到一个地方，亲眼看着把它埋掉了。第二天杀狗的一些人来了，到处找它。领头的说：'还飞了它不成？'我告诉他：'真的飞了，它算逃出这个镇子了！'那个人哼一声说：'它除非再不回来！'我说：'放心吧，它再也不会回这个伟大的镇子了！'……这以后多少年过去了，我们再没有养过狗。我们差不多发誓永不养狗！可是后来，后来——真不该有这个后来——我的小儿子从外面捡回一个小花狗，疼爱得了不得。我看它，它也看我，扬着通红的小鼻孔。我狠狠心，决定只养两个星期就送走。两个星期到了，儿子死也不干，接着全家人都心软了。它就是我们现在这条狗。那时多么轻率！我当时想，毕竟不是过去了，又不是

'备战备荒'的年头，或许再也不会发生那样的事了。我太无知！我把事情看得太简单了……"

我讲到这儿，面前闪动着那一双不愿闭合的眼睛，心头一阵阵痛楚。我不得不去桌上取烟。我拿起一支烟，发现自己的手在抖。小伙子用打火机给我点着了烟，这时问了句："老同志，我想问一问，您是做什么工作的？"

我回答他："教师。不过早就离休了……"

小伙子若有所思地点着头："嗯，教师，教师……"

我重重地吸一口烟，又吐出来："我是个教师。不过我没有在本镇教书，所以你不是我的学生。在东边那个镇子上，像你这么大的小伙子，有不少都是我教出来的……愿意听听那个镇子的事情吗？那好，你听着。怎么说呢？一开头就赞扬那个镇子吗？我不能，因为我们这个镇子的人可没有轻易赞扬别人的习惯，我也是一样；更重要的，是那个镇子确实也有很多毛病，有的甚至极端恶劣。不过我接下去要说的是其他的方面，是他们与其他生命相处的方法和情形。因为咱俩眼下讨论的正是这个问题。我要告诉你，那个镇子上几乎没有多少裸露的泥土——到处是草地、庄稼和森林。各种鸟儿很多。它们差不多全不怕人。我早晨到学校去，一路上不知有多少鸽子飞到肩上。如果时间充裕，我常停下来与路边水湾里的天鹅玩一会儿。我对野鸭子招招手，它们就游过来。我不止一次用手去抚摸野鸭子的脊背，去摸翅膀上那几道紫羽，感受热乎乎滑腻腻的奇妙滋味。它和天鹅，还有鸽子，眼睛都各不相同，却是同样可爱。它们用专注的神情盯着你，让你多多少少有些不好意思。离开它们，我一整天的心情都比较愉快。它们安然的姿态影响了我，使我也变得和颜悦色。这就是那个镇子的情况。如果你不怀疑这一切都是真实的话，你会怎么想呢？

"回头再看看我们这儿吧！没有多少树和草，没有野鸭子和天鹅，如果从哪儿飞来一只鸟，见了人就惶恐地逃掉。鸽子也怕人，所有的动物都无一例外地要躲避我们。我真为这个羞耻。我仿佛听到动物们一边逃奔一边互相警告：'快离开他们，虽然他们也是人，但他们喜欢杀戮，他们除了自己以外不容忍任何其他生命！'它们没命地奔逃，因为一切结论都付出了血的代价。无数远方的动物，比如一只美丽的天鹅在这儿落脚，只停留一个小时就会被镇上人用枪杀掉；一群野鸭子莽莽撞撞地飞到河边游玩，只半天工夫就会被如数围歼，吃到肚子里去了。实际情形就是这样。尽管我们要挖空心思做一番事业，但我想，如果连一些动物都对我们不屑一顾，对我们从心底里感到厌恶和惧怕的话，那我们是不会有希望的。对野生动物这样残酷，野生动物可以躲开；于是我们的目光就转向家庭饲养的动物，对温驯的狗下手了。我相信这是一部分人血液里流动的嗜好，很难改变。事实也是如此。如果我没有想错的话，那么下一步轮到的很可能是一些更小更可怜的家养动物，比如猫和鸽子。这些行为会一再重复，因为它源于顽劣的天性，残酷愚昧，胆怯猥琐，在阴暗的角落里咬牙切齿。这些人作为一种生命，怎么会去宽容其他生命?！他们憎恨和惧怕一切生机勃勃的东西，砍伐树木，连小草也不让生存。我不止一次看到一些人走上街头搞卫生，第一件事就是蹲下来拔小草。绿色很快没有了，留下来的是肮脏的脚印。当然，镇子上也有人种草植树，正像有人热爱动物一样；但严重的问题是树和草越来越少，动物或者远离了我们，或者被大批大批地杀掉。

"对其他生命不宽容，对自己也是一样。我这里不想去复述镇子上的几次械斗，点到为止，你心里完全清楚。算了吧，不说这些了……但我不得不跟你讲讲我的父亲——我曾说过要讲那个多灾多难的人。我相信你不会怀疑这是真的。我要说的是他生活在这样的情形中，有这样的结局是多么自然；而一些人在今天的行为，与昨天的如出一辙；这二者之间究竟有一条什么线在连结着——我由一些不该杀戮的其他生命想到了一个生命，想到了这个生命与我的关系，他对我的至关重要、他留给我的疤痕、他流动在我身上的血液……他死的时候满头白发，而我如今也满头白发了——我想说，我并不一定安然自如地走完我生命的里程，正像我的父亲到了暮年还遭到意外一样。小伙子，我羡慕你的年轻，可也忧虑你的岁月。因为生活的道路比你想象的坎坷万倍，你手中的刀子也许很容易就刺得自己遍体鳞伤……不说这些。我还说我的父亲，说说他吧。他七十多岁了，行动不便，但头脑也还清晰。他对于镇子一片忠心。他看到什么不利的地方，就要说上两句。有一次他议论起新修的一条马路，指出这条柏油路耗资巨大，但却效益不好。他有理有据，虽然尖锐无比，可是态度和蔼。谁知道这就惹火了镇上的一些人。开始他们寻茬儿让他进了一个什么学习班，后来又说他在学习班上态度不好，就把他转到了一个农场——就是我们镇子的明星农场。父亲那么大年纪了怎么能种地？我和母亲去找了管事的人，他们说已经照顾他了，让他做农场的饲养员。我去看过他一次，见他弓着腰给猪搅拌饲料，饲料里有拇指大的一块地瓜，他抓出来就吃……我偷偷地哭了，没有让父亲看见，也没有将这些告诉母亲。又过了半年，父亲的罪行不知怎么又加重了，被调到了一个石墨矿去。那里更苦更累，而且劳动时有人看守。去了石墨矿的人，他的家里人不能随便探望，直到父亲死，我只见过他两次。第一次见他，我给吓了一跳：他的白发全给石墨染黑了，连牙齿上也沾了黑粉。我问他在这儿做什么？他不回答，只用包了破布的手去擦脸。最后一次见他，是他在小床上喘息的时候，我和母亲被通知去矿上探视。可母亲病了，丈夫临死她也没能见上一眼。我自己去了，路上尽管做好各种思想准备，也还是被父亲的样子吓呆了。他握住我的手，不说话。我也不说。最后，老人突然从身子底下取出一个小纸包，指了指说：'哑药！'他又指了指自己的嘴，说：'祸从口出啊……'他把哑药递给了我，我明白了。父亲本来是为自己准备的，后来见用不上了，就留给了他的儿子……我两手捧着这最后的礼物，向父亲跪下了……"

我的声音渐渐低得快要听不见了。小伙子拧着眉毛看着我，嘴角活动了几下，问："你，吃了哑药？"

"我捧着它离开了石墨矿，沿着芦青河堤往回走去。好几次我想塞进嘴里，但最后一次我抬头看到了自己的镇子，心里一热，就把那药撒到河水里去了！"

小伙子大松了一口气。

"尽管父亲的话是千真万确的真理，但我还是不想使喉咙变哑。我的镇子！我的镇子！请摸一下我这颗滚烫的心……我之所以给你讲了父亲的死，是因为我想到了有些人像潜伏病菌一样潜伏了一种仇恨，它会像流感一样突然而迅速地蔓延。眼下我又看到了这种危险。无数的狗被杀死，鲜血染红庭院，惨叫声此起彼伏——那些人是不是正期待着这种效果？这一切，又是不是他们宣泄仇恨的一种方法？我确信会是这样。宣泄的方法各种各样，但确定无疑的是每一次宣泄都留下了巨大灾难。我忘不了有一年春天的所谓'垦荒'——毫无必要地将镇子北面的树林毁掉！那片林子茂盛得可爱，当时槐树正开满了银色的槐花，引来了全世界的蜜蜂；蓉花树刚长出粉茸茸的叶子，柳棵爆开小绒球，灰暗的枯草里挺起红的紫的鲜花。它们好不容易告别了冬天，又要在挥动的镢头下呻吟。我亲眼见到有些人狠狠地刨倒了一棵开满鲜花的槐树，双脚把花朵踩到土里时的那种微笑，那是掩饰不住的快感。连续五天的围垦，树林没有了，留下来的是一片焦土。他们疲惫地走了，头也不回。这片垦出的沙土至今没有种什么东西，只是冬天里旋着沙丘，那沙末在空中转着，像是树木的魂灵。就是这样，你怎么来解释这种种举动呢？你能说这不是另一种宣泄的途径吗？

"我更不明白的是，街道上有多少刻不容缓的事情需要去做，他们恰恰对这一切视而不见。垃圾成堆，苍蝇一球一球在那儿滚动，捡垃圾的老人用赤裸的双手去抢一堆碎玻璃。又破又响的汽车轰隆轰隆地跑在街上，让人白天晚上不得安宁，冒出的油烟半天也散不开。在窄巴巴的街道上，常常有几个贼眉鼠眼的人窜来窜去，总有人被掏兜、被欺侮。妇女和老人丢了东西就哭，一个乡下来的小姑娘被几个歹徒拖到了防空洞里。没有腿和手的人在街上行乞，垫着小板凳一挪一挪往前走。各种宣传车来来往往，无数大喇叭吵翻了天，野蛮无理地强行掠夺你的宁静。为什么要这样？有什么权力要这样？不知道。你放眼往南望，你望到了那一溜儿黑影吗？那就是南山，是我们这儿唯一的山区。那儿没有水，没有柴草，也没有多少粮食。那儿的人衣衫褴褛，一代一代都面黄肌瘦。因为没有可以燃烧的东西，就往灶坑里填地瓜干，锅里煮的还是地瓜干。你可以想见那里的生活。你知道那里有多少事情需要立刻去做。可惜这些一年一年延续下来，没有多少变化；而与此同时，有人却毫不含糊地强令杀了十一次狗……"

小伙子的眼睛转向了窗子，望着很远的地方。他听到这里，认真地插话说："我不是反对你的意见；不过我想到了两件事儿。一是你把我们这儿说得太吓人了；二是山区里的人那么苦，为什么不把养狗的费用使到他们身上？难道这些狗比那些人还重要吗？"

　　这都是直接的意见，然而十分尖锐。我不由得握住了小伙子的手，我感谢他终于开始和我一起思考起如此严肃的问题了。我不知怎么回答他这两个简单极了也是复杂极了的问题。我说："你问得好，我没法回避。让我试试吧。先说第一个问题。你认为这地方被我说得太吓人，但你没说我编造了什么，这就好。当然，我们这儿还有一万条值得赞扬的，这也是事实。而我要说的，是那些刻不容缓地需要根除的方面，这一切只要存在一天，我就有理由用手指去指出来。但愿你不要真的被吓住，而是变得更勇敢。我在指出这一切的时候，有时会手指抖动，但那不是为了吓你，而是一个老人真诚的激动。再说说第二个问题吧，它更难以辩解。首先我想说，饲养狗是人类的一种需要，这种需要看起来似乎可有可无，但你只要看一看镇上人在这方面的经历，看一看最困难的山区还有很多人养狗，就会否定那种看法。镇子上十一次对狗进行围剿，无数人流下了眼泪，受到了很大的挫伤，发誓再不养狗。可奇怪极了的是，大家像我一样发誓，如今也像我一样地违背了誓言。看来这是没有办法的事，是一个生命最深层的一种渴望，必须去满足。至于这种渴望到底反映了什么，我还说不清。我朦朦胧胧觉得，一种生命需要另一种生命的安慰，他们必须在这种无形的交流中获得某种灵感。在通向永恒的路上，也许真的需要它来陪伴。这个谁也讲不清，你默默地用心灵去感觉，也就知道了。所以从这个意义上讲，你那种切近的功利换算的方式就无助于理解这个问题，二者没有任何可以沟通的。这是一方面；另一方面，我想说对待困苦和艰难勇往直前的，究竟是世界上的哪一种人，是些什么人，这种人到底有什么样的素质。那些坚决主张杀狗的人当然不是为了节俭，他们恰恰在情感上是极其吝啬的一种人。而对于自然界的各种生灵倍感亲切，每时每刻都试图去理解和接近的人，他们才对苦难特别敏感，也最愿意为消除那些痛苦贡献出自己的一切。勇敢的人从来都不是冷酷的人，你可以在生活中找到无数的例子。"

他倾听着，眨动着眼睛，不知是否真的理解了我的话？当我停顿下来的时候，他就将头埋下去。看来他已经准备再听一听，他由厌烦这种谈话转为渐渐习惯和可以容忍，又变为希望去接受……但我这会儿也想听听他的了。我问："这次打狗进行得顺利吗？已经完成了多少？"

他像困倦一样揉着眼睛，把头扭向一边。停了一会儿他转过脸来，抿了抿嘴角说：

"大约进行到一半以上了。这次比过去困难。把狗藏起来的太多。有的狗冲出来，疯了一样。我们有枪，可怕伤了人。

狗冲到小巷子里，急得乱跳。我们堵上巷口，用枪扫，有的中了弹还迎着我们反冲过来。天哪，真可怕，它们一边流血一边跑。好多狗跑出镇子，往南，往山里跑。我们联合起来堵截。有一次围住一个山包，往前缩小圈子，一抬头，看见几百只狗昂着头站在山坡上。它们一起看我们，这一回没有一只跑掉，也不逃，我们吓得不轻。后来当然开了枪，几百只狗叫成一片，有的腾到半空，像给打飞了一样。那面山坡都给染红了……"

我们都沉默了。

我像被什么烧灼着，心上一阵阵刺痛。我说："真不简单，小伙子，真不简单。在你这儿，一切需要暴力、需要用强制手段去对付的方面，都干干脆脆地做了；一切需要胸怀、需要眼光、需要高瞻远瞩才能办到的事情，都搞得一塌糊涂……"我差不多要碰到小伙子的脸了，声音大得有些吓人："你能否认这是一场屠杀吗？你没法否认！崭新的屠杀，就发生在这里！可是，一切就这样过去了吗？没有！不会这么便宜。一种反击正在悄悄地开始，只要你好好睁大眼睛就会看到。你到医院，你看看有多少人在排队治病，他们横一行竖一行，人山人海，天天如此；你再看看手术台上有多少人在流血，看看病床上有多少人在死命地绞拧。不治之症越来越多，肿瘤医院天天满员，今天一个好友死于肝癌，明天一个熟人因肠癌开刀；我的一个学生前不久还给我送来一盆花，昨天听说他已经查出了肺癌。无数的人患上了肝炎，验血的、做B超的要提前一个星期预约。屠杀吧！与大自然的一切生命对抗吧，仇视它们吧！这一切的后果只能是更为可怕的报复！不要胆怯，不要逃遁，来收获自己种植的果子吧！最近，那些热衷于种种屠杀的人据说又有了一个愚蠢至极的可笑举动：阖家迁到镇子北边的小河滩上居住！他们把大街上的树伐光了，堆满了垃圾，如今又要逃了！他们就忘了南风一吹，街心的毒气照样吹到河滩上去，忘了他们身上已经积满了毒素！他们假使逃掉了惩罚，他们的儿孙呢？他们一手糟蹋了我们的镇子，如今倒想一逃了之！可惜这绝对办不到，大自然不会放过他们！凶狠残酷地对待生活、对待自然，必遭报应！你听说这样一个故事了吧？一个人无法战胜他的仇人，最后就在身上缚满了炸药，紧紧地抓住了仇人，然后拉响了导火索！人类身后此刻就紧紧跟随着这样的一个自然巨人，他的身上缚满了炸药。我们跑吧，跑吧，躲避着他要命的手掌……真的，我总觉得大自然与人类决战的时刻就要来到了！……"

我说着，说着，不知何时流下了滚烫的泪水。泪水流下脸颊，又流进密密的胡须。

我看到小伙子站起来，眼睛里也有两汪泪水。他看着我，木木地站着。他的身体突然像秫秸一样疲软，两手抖着，肩上的枪一下子掉在地上……他感激地点了点头，转过了身子。他推开了门，跨了出去。

我捡起了地上的枪，追出门去。

"小伙子！你的枪！枪！……"

我大声地呼喊。他没有回应。我再一次呼喊。

有人在摇动我的肩膀。我猛地睁大了眼睛，看到了身穿睡衣的妻子。她用手来擦我的泪水，说："你梦中喊得好响。你哭了。我听了都有点害怕……"

我一下坐起来。我说："我总算把杀狗的人劝阻住了，他刚刚走。"

妻子苦笑着："这是一个梦。你一直在睡觉。"

是的。一夜的辩解，没有目标的辩解！我推开了被子，走下来……太阳从窗棂射进，彤红彤红。我不知怎么急于到院子里看看我的狗——我相信它这个夜晚会像我一样睡得很糟。它的温暖的小窝就垒在院子的一角，是我的杰作。我向它小心地走去。我惯于在它清晨睡熟时去逗弄它一下……我走过去，低下头去看它。我身上抖了一下——这是真的吗？

它闭着眼睛，眼前是一汪凝住了的血。它昨夜被人杀掉了！刀痕在脖子上，刀子插得很深、很准……屋子里，爱人和孩子在说笑，他们在笑我夜里说梦话……我的眼泪夜间流过了，因此这会儿没有再流。我轻轻地把它托起来，像托一个孩子。我小声对它说："我对不起你。我没能保护你。我现在才明白，原来这一次已经不需要通知，也不需要辩解了……"

1987 年 7 月

冬景

进入十一月，老人的神色变得沉重了。他一个人走向田野，注视天际，眉毛不停地抖动。天气晴和，人们在田里忙着，在海上打鱼，没人注意这样一个老人。

树叶铺地，又被大风扫进干涸的沟渠。老人用一个网包往回背树叶，在自己的小院堆成一个垛子，又用秫秸、破渔网将垛子盖得结结实实。接下来的日子老人都到海边上去，提一个粪筐，沿着浪印往前走。海水不断推涌出一些碎煤和木块，他都捡到筐子里。

有一天，他的小儿子穿着胶皮裤子从舢板上下来，看看父亲筐里的东西说："蛴！哪天我去拉车炭不就是了。"老人没有抬头，伸手把拇指大的一块木头捏到筐里。

他把所有的煤和木头都摊在院里，准备经一场雨后，晾干，堆起来。那时盐未被水冲去，这些东西烧起来更旺。平时他走在路上，见到树枝什么的，都要捡起来；现在他每天都去海边捡东西。如果浪印上有一个蛤、一个螺、一条小鱼，他都随手取了放进筐里。他的每时每刻的拾取和积累终于让人纳闷儿了。有人问他的小儿子："你父亲是怎么了？"小儿子笑笑："人老了还不就那样！"

老人住的小院四四方方，是一人多高的围墙围成的，一角是他的小屋。老伴去世后，儿子让他住新房，他毫不犹豫地拒绝了。小院宽敞，装满了阳光，他一个老人舍不下这么多的阳光。

碎煤和木块摊开来，占去了小院的大部分。半夜里下雨，老人穿上蓑衣，戴了大竹笠走到院里，用一把铁抓钩在木块堆里搅着。雨水在脚下流动，他弯腰取一块木头片放进嘴里咂了咂，品品还有没有咸味，吐掉，回屋子去了。

白天太阳很好，他翻晒着木块煤屑。这样过了几天，他将它们堆起来，拍实，然后用泥封好。看上去，院子的一角像多了一个坟丘。

老人拌了一大堆草泥。他用筐子装上草泥，沿着小屋转着，哪里有裂缝、有小洞，都用草泥糊上。屋后墙上有一个四方小窗，他也用草泥抹上了。

小屋里最大的东西就是一个土炕。这个炕最多睡过六个人：他、老伴、四个儿子。后来死了三个儿子，死了老伴，小儿子也搬走了。可是土炕依旧那么大。一个人坐在暖烘烘的大土炕上，看着窗外白雪飘飘，那才是一种富足。老人把小屋的外部收拾过了之后，又蹲在屋里琢磨土炕。他将土炕凿开两个洞，又用土坯接通了这两个洞口，沿墙壁垒了一圈。这样土炕里的烟火就会蹿到墙壁上，形成火墙。

他记得这辈子只做过两次火墙。

那一次是在奇冷的冬天里，有几个打鱼的人落在水里。他们有幸攀着冰碴儿爬上海岸，立刻昏迷过去。赶海的人把他们救了，背到他这全村唯一有火墙的小屋里，让脚上的冰一点点融化。老婆子在锅里煮几块红薯，煮得软软的，扳过打鱼人的头，像抹油膏一样往他们嘴里喂红薯。

"你真有本事。"老人蹲在刚垒成的火墙下，望着锅台夸了一句老伴。

当年她就坐在锅台边上，打鱼人的脚伸到火墙根，滴着水。

他垒火墙时，她为他搬草泥。草泥稀了，稠了，他晃晃手指头她就知道。那年亏了垒火墙，他们安安稳稳过了一个冬天，还救下了一帮人。这些人如今仍旧在海里搅水，比当年还有劲；可是她没有了。

老人现在重垒火墙，垒好后就在炕里点上了柴草。火苗噜噜响着，不久湿湿的火墙冒出白汽，慢慢变干。他额上挂满了汗珠，十一月可不是点燃火墙的时候。

从屋里出来，他用剩下的草泥加固了墙壁，然后出了院门。向南遥望，远处的山影碧蓝碧蓝的。他每天都要看看南山，从颜色上可以知道风雨。

当年救出的是一些血气方刚的汉子，老婆子说：积了阴德！积了阴德！奇怪的是老天把人间的事情记反了，他三个活蹦乱跳的儿子一个接一个死去了！

那年大儿子被派到南山修水利，快过年了还没有回来。老伴用红薯掺米粉做成了老大的锅饼，让他去山上看儿子。他到了工地上，最后在一个半里长的山洞尽头找到了儿子。儿子头发老长，面色就像石头，告诉他：这条山洞就是他们开的，要凿穿高山。老人慌了，找到他们的头儿说："这做得成吗？要几辈子？"那个人哼了一声："你还不相信革命的力量吗？"他只好放下锅饼往回走。他忘不了一路上大雪没膝。还没有出山，他就听见了一声轰响。回到家里的第二天，有人送信说，儿子被埋在了山洞里！

拉儿子的木轮子车几次陷进雪里……

那个冬天哪，整个世界都是白的……

老人在门口站了一会儿，又转回了院子。他从屋子左侧的小夹道里提出了一个黑柳斗，里面是些破鞋子。他将棉靴挑拣出来，又找出一个形状奇特的东西：这是用生猪皮缝成的四方小包裹，里面装满了麦草，上面还缝了两条粗长的带子。他脱下鞋子，费力地将赤脚插进生猪皮里，又把两条带子缠到裤脚上。生猪皮上的鬃毛全箸了起来，原来是一种自制的靴子。

这是上个冬天做成的，穿上它踏雪赶海是再好不过了。眼下会做这种靴子的人所剩无几，更没有几个人知道它的妙处。多少人笑话这双靴子，连小儿子和他媳妇也笑。他懒得扇他们耳光，只管穿上就走。冰雪被他踩出了汗水，双脚却感不到一丝凉气。海边上，在小船边奔忙的人冻得乱蹦，唯独他一个老头子安然地走来走去。

他试了试靴子，觉得还好。有的地方开了线，他就捻一根麻线，用两腿夹牢靴子，一针一针缝起来。

车上的儿子血肉模糊。他们尾随车子往前走，不吭一声。半路上，老婆子一头栽进了白雪里，咬紧了牙齿，脸色变青。一群人围上掐弄拍打，她才算缓过一口气来。老头子蹲下，解开老棉袄的扣子，把她揣进怀里往前走去。她身上的冰雪很快融化了，他的衣襟下一滴滴流出水来。"走吧，回去还得过日子！"

生猪皮干硬了以后赛过钢铁。好几次粗铁针要折断，他都巧妙地寻到了去年的针眼。以前缝东西可是老伴儿的事儿，他只是满腿泥巴，在院里走来走去，身边是大大小小的几个儿子。

大儿子的头发有些鬈，一双眼像鹰一样亮。他比父亲高得多，胸脯宽厚。老人与他去伐树，见他握住斧柄时，手指绕了一圈还余出一段。老头子夜里躺在炕上，对老伴说儿子的手指有多么长，那可是个有大力气的角色。白天老婆子盯住儿子的腿看了半天，发现这两条油光闪亮的腿上，有鱼皮似的菱形纹儿！她笑了。

两只生猪皮鞋子修好，中间塞满软草，悬在了屋檐下。

老人又找出一些钓钩和丝线，准备到海上去钓鱼。他盘算了一下，整整有半月的时间可以用来钓鱼。在太阳和暖的日子里，他要把闪闪发亮的大鱼从海里拖上来，然后搓上盐，悬到半空里晒干。等到焦干的鱼片晒成时，他就用马兰草捆起来，五张一沓，像捆烟叶那样。

海上的人太多，小船在远远近近的地方搅来搅去。老人常常因为寻个安静地方要走上老远。他放出钓钩等待着。

很长时间过去了，没有一条鱼上钩。这是自然的，一点也没有出乎预料。他用了大号的钓钩，那就只有大鱼才能上钩，让小鱼继续活着吧。又过了半个钟点，他拉上一条带灰点儿的圆头大鱼。这时小儿子跑来了，帮着他摘下了大鱼，又夸了几句鱼鳍：它是红的。然后他就埋怨父亲说："虼！我从舱里取几条不就结了吗？"老人继续往海里放渔线。

尽管整个一天风平浪静，老人才仅仅钓了三条鱼。三条鱼都很大很肥美，躺在筐里。他回到小院，给鱼剖膛、搓盐。鱼悬到树枝上了。小儿子又送来三条。这三条通身乌黑，不漂亮。他哼了一声，打发走了儿子，同样剖洗搓盐，悬到树上。

二儿子的一生与鱼紧相联系。在他刚能吃东西的时候，老婆子就喂他鱼。后来他果然强壮，只是要比大儿子矮上两寸。

他浑身皮肤像鱼一样滑。四岁的时候他到海边上玩，逮到了一条一尺四寸长的鱼。

他是怎么逮到的呢？

老人后来只要一接触到鱼，就会想到那个费解的事情。六条鱼悬在半空，在暮色里银光闪闪。他仰脸看了一会儿鱼，又到屋子里去看沸动的锅水。他把鱼身上剖下的东西煮了，鲜气诱人。

一连几天他都在海边上钓鱼。每天的收获都不超过三条大鱼。天渐渐冷了，老人清清楚楚嗅到了严冬的气味。严冬眼下还只是藏在水天相连的地方，可是它已经有了气味。正像一头猛兽藏在远处的灌木中，好猎手嗅得见它的气息。他一声不吭地盯着从脚下伸到水中的那根线。

二儿子是怎么逮到它的呢？

对付大鱼要有钓钩、网，要有指尖上的力气。可是一个四岁的嫩苗竟然不需要这一切，笑吟吟地将那家伙抱回了家。老人用手握住了线，感受到有个东西在另一端挣扎，就欠身拉扯起来。线像一条钢梁，沉重、冰凉，用拇指拨一下发出"嗡"的一声。那条鱼在那一端肯定是张大了嘴巴咒他，腥气熏人。后来谜解开了，它是一条浅灰色的大片子鱼，像一把伐木的锯子。到了浅水里，它蹿了起来，要咬住人复仇。老人瞅住机会，抬脚踩住了它。

它红色的眼睛乜斜着他。二儿子出海回来曾告诉父亲一些奇怪的感受，说鱼眼像人。小伙子高高细细，被海水渍得黑红乌亮，像被一种老漆涂过。船老大金狗旧社会杀人如麻，杀的全是坏人，如今在海上威震四方。金狗最满意的就是这个细高小伙子，给取个外号叫"钢筋"。金狗把船开到深洋里，说："不要命的人总是长命！"

鱼在沙滩上堆成了山。方圆几十里的都来搬鱼山，扔下一块钱，鱼就随便担。天冷了，大雪落下来，鱼冻成了一根根硬棍。赶海的人互相吵起来，有时就抓起一根鱼棍横扫过去。

老人在金狗最得意的那个秋冬也没有停止钓鱼。他搞来的鱼个个强壮。老伴为他送饭，有煎鱼，有巴掌大的棒子面饼，嘿，结结实实咬一口饼，用力咀嚼，甩开膀子去扯渔线。那时哪像现在这样钓鱼，蹲着，喘着气把鱼拖上来。

小院的树枝上悬满了鱼。这棵树落光了叶子，又结满了"鱼果"。老人坐在树下，有时用脚踢一下树干。树木向阳那面悬着的鱼哗啦啦响，他就取下来用马兰草捆了。干鱼的脊背上还闪着微蓝的荧光，那是从大海深处带来的。这些鱼如果一直待在深水里就会活得挺好，它们却偏偏要到浅水里去寻找要命的渔钩！

就像大雪陷住木轮子车的那个冬天一样，这个冬天同样出奇地多雪和寒冷。老人不怎么出他的小院，只和老伴围住暖烘烘的锅灶。听说金狗的船也不怎么出海了，只是在海里栽了流网，隔几天进海拔一次网。有一天半夜里涌起了大浪，大海的轰鸣声就像打雷一样。金狗呼喊他的人快去海上抢网，一群人发了疯似的往堆满了白雪的海岸上跑。二儿子走了，老人再也睡不着。他穿上老棉袄，用一根黑色网纲束了腰，往海上走去。

他至今记得那个早上海浪突然安息下来，一群黑乌乌的人站在雪地里，见了他都扭过头去。他大口喘着走过去……就这样，他见到了死在雪尘中的二儿子。儿子满脸血污，左手还紧扯着一片渔网。金狗领人往东海岸追去了，每人手里都举着橹桨和棍子，还有锈蚀的铁锚。一夜的大浪把渔网搅乱了，金狗命令赶快拼抢。另一渔队过来夺网，金狗让手下人抢起家伙。"钢筋"一个人抢来了三块大网，当他瞅准了第四块时，头上挨了一记铁锚。

他躺在那儿，就像睡在大土炕上一样，顽皮地扭着身子，一只手插在毛茸茸的雪被里。

拉儿子的木轮子车几次陷在雪里……

那个冬天啊，整个世界都是白的……

后来老婆子半夜跑出小院，一直向海上跑去。老头子跟在后边喊她，她一声不应。前边就是闪着磷光的海水了，她一头栽了进去。他赶紧跳进海里，觉得这漂着冰碴儿的水浪像沸水一样滚烫。不知怎么抱住老伴，爬到沙岸上，见她紧紧闭着眼睛。他问："你死了吗？你可不能死！咱们还有两个儿子！三儿子快长大了，小儿子也生出来了。咱们还有两个儿子！"

剩下的半个夜晚他煮了一锅鱼汤，放了很多姜。土炕烧得热乎乎的，上面躺了剩下的两个儿子和水淋淋的老伴。他知道她死不了，她不会撇下他对付这个冬天。

不过他知道那样的日子也许不远了。大约又过了两个冬天，老伴死去了。这个女人真好，她伴着老头子过了一个冬天又一个冬天，实在走不动了还送他一程……

以后的冬天是他自己的事情了。他沉着地生起炉火，把小屋里的寒冷驱赶到荒凉的旷野里。

三儿子和小儿子没有前两个那么高大，他们差不多是一个比一个矮瘦一点儿。老伴在世时，他曾经感叹："这就是说，咱俩身上的火力不行了。"老婆子缺少牙齿的嘴巴咀嚼着一块干鱼，又吐出来填进小儿子的嘴里。

干鱼一捆一捆积起来，堆放在屋角的一个搁板上。老人觉得这差不多了，可是第二天，他还是带上渔具到海边去。

天冷了，他穿了一件长长的棉衣，真正的冬天就要开始了。海里的船不像秋天那样欢快，像僵在了阴暗的水面上。整整几天没有看见小儿子了，老人心里有些不安。这是最小的一个儿子，也是唯一的一个。后来小儿子又活蹦乱跳地出现在海滩上了，他才专心地钓鱼。他知道现在的忧虑是多余的，冬天才刚刚开始。

小儿子自己有一条船，似乎自在得很。几年以前他要做个渔人，就必须跟上金狗。年代变了，金狗也死了。这个满身疤痕的船老大死得不明不白，像是被什么人勒死在船舱里。小儿子和媳妇扛着网具走在海滩上，那个女人见到老头子在不远处踞着，就会忍住笑发出一声："啧啧！"

有一次老人听到她发出的这种声音，就叫过儿子来说："别再让我听到这个！这是最后一回了！"

老人钓着鱼，十分气愤。前三个儿子都是壮男儿，可是都没有女人；最后一个儿子娶了个女人，嘴里吱吱响。他想如果要是老伴在世，不会在乎这种声音的，她真是一个随和的好人。他坐在海边做活，她就送饭，看他干一会儿。当一个男人老了，他的女人也像他一样老了，满脸深皱，那么那个女人真是无比珍贵！

有一个冰凉的东西钻进衣领，后来才明白是雪花。他站起来看着，天边有一片灰色的云彩。第一场雪就这样开始了。他决定收起渔钩。那个小院里已经准备了对付冬天的各种东西，当冬天走进时，他就缩进那个小窝里顽抗。他仔细地缠着渔线，一边看着星星点点的雪花落进海里。

每个冬天开始的情形都不一样：刮一次冷风，或者降一层毛茸茸的霜，有时甚至是下一场大雨。不过用一场雪开头是最好不过的，它预示了真正的冬天。三儿子就是在冬天的第一场雪里出生的，后来又在另一个冬天里离去了。他皮肤白白的，像雪花一样干净。这是老人和老伴所能生出的最俊俏的孩子了，他们看着他长高了，看着他又黑又亮的眸子、长长的眉梢，真不知道这个小子要来世上做些什么！

那时他来海上钓鱼，到野地打柴火，都要领上三儿子。老婆子说："孩子学不会这些，不信你等着看吧，他不是在海边上做事的料儿。"老头子笑着，可是三儿子不吭一声，只用忧郁的眼神看着他。老人不喜欢娇嫩的东西，人也是一样。可是这个孩子像个晶亮透明的海贝，让人忍不住就要藏在贴身的小口袋里。

老伴临死的时候，最牵挂的也就是三儿子。

第一场雪照例下不大。雪后不久该是呼呼的北风，沙土会飞飞扬扬。老人准备了几个麻袋子——当风停沙落的时候，沙丘漫坡上会积一层黑黑的草屑，细碎如糠，是烧火炕最好的东西了。往年这时候他和老伴干得多欢，跪卧在沙丘上，像淘金一样筛掉黄色沙末，把草屑收到衣襟里，再积成几麻袋。

风果然吹起来，直吹了两天两夜。风停了，老人提着麻袋往海滩走去。黑乎乎的草屑都积在沙丘的漫坡上、坑洼里，他一会儿就装满了袋子。把袋子扛到肩上，要有人帮一把。他一个人只好将它滚到高处，立起来，弓下身子顶住袋子。老伴儿伸手一推也就行了，他可以顺劲儿来一下子，让它顺在肩上。三儿子跟着他跑一阵，在沙滩上滚一阵，老婆子不停地叫着孩子。她要留下来继续弄草屑，坐在那儿，伸手将沙土和黑末子一块揽到跟前。老头子和儿子返回来的时候，她已经在身边堆起很多的草屑了。三儿子远远地就指着妈妈说："爸，妈快把自己埋下了。"

不久，老伴死了，就埋在沙丘那儿。

她的坟堆也如同沙丘，大风吹来吹去，沙丘一个连一个，最后分不清她睡在哪座沙丘中了……三儿子那句不吉利的话至今响在耳边。老人扛着草袋，走累了就倚着小些的沙丘歇一会儿。他总觉得重新赶路时下边有谁推了一把，他想那还有谁，那还不是老伴儿那只瘦干干的手吗？

他一连在沙滩上奔忙了三天，小院里堆了满满几麻袋草屑。

天越来越冷了。小儿子有时进院一趟，向手上吹着气，搓着。他说："爸，刀割一样。"老人斜他一眼，心里说：你经了几个冬天？小儿子看了看孤树上面，笑了。树枝上悬了最后的一条鱼。那是条大鱼，油性也足，要多晾晒些时日。他咂了咂嘴巴，说："肥得像鸡。"老人抬头看着那条鱼，回想着把它拉上海岸的情景。好像就是它用血红的眼睛斜了自己一下。小儿子将院里的东西一一看过，又看了屋里的火墙，一脸的迷茫。

老人一个人在院里的时候，手总也闲不住。他找了块木板，钉上长长的木柄，做成了推雪的器具。几把扫帚用旧了，就拆开来，合成一把大扫帚。他用这把大扫帚清除了院子的脏物，然后和推雪的木板一起小心地放好。再做点什么呢？老伴儿那时候见他转来转去的，就和他一起剥花生、剥麻。天还不黑，老伴儿就动手做一家人的晚饭了，一会儿满院子都是红豇豆稀饭的香味儿。三儿子在院里捕蜻蜓，小儿子负责保管捕到的蜻蜓。那时候还像一个家。

三儿子读过了初中，在院墙上写了很多外国字母。问他什么意思？他说"数学"的意思。"数学"是什么意思？他说"算账"的意思。行了，终于有了会算账的人了。老头子亲自推荐儿子到海边卖鱼房里做会计。那时候老人兴奋极了，他终于明白这个雪白的孩子到世上是做什么来的了。

一年之后，三儿子报名参军。老人并不反对，但还是习惯地咕哝了一句："好男不当兵，好铁不打钉。"儿子把漂亮的眼睛瞪圆了，说："你怎么能说中国人民解放军是'钉'？"他当兵走了。

他走了，冬天来过两次，都不像个冬天。小儿子长大了，成了这个小院里走出的第二个渔人。老大死在南山，他算什么？也许该算个石匠吧？这个小院的第一个渔人可算条汉子，不过不能学他，你得赖赖巴巴活下来……第三个冬天冷酷无情，滴水成冰，冻死了一头驴，还冻死了一只羊。前线传来了作战的消息，战事演大。大雪朵像棉絮一样掉在小院里，老人一边往外推雪一边盘算着什么。他有了一种奇怪的感觉。这种感觉以前也经验过，就是那一次从南山走出来，踏着没膝大雪时的感觉，他在心里小声呼唤着："我的儿子！我的儿子！"

那个冬天的夜晚奇冷，他烧热了火炕，围紧了被子，牙齿还要打战。那些夜晚他想，老伴不在了，可不要发生那种事情，他一个老人待在小院里可受不住那一下啊！白天他不出门，缩在屋里，连小院也不怎么去。他躲避着什么东西。

终于有人叩响了门。乡长、村头儿，好几个人神情肃穆地跨进小院。其中一人捧着一摞东西，上面放着一个精制的小盒，盒里有金星闪耀。老人迎上去，看了看，缓缓地坐在了厚雪上。

奇怪得很，那个冬天他也过来了。三儿子没有了，送回的是一枚立功奖章。老人一辈子也没有见过这样奇怪的东西。小儿子抚摸着说："要是金的，就要藏起来。"

一阵风吹来，树上那条鱼碰响了枝丫。老人倚着树干坐着，闭着眼睛。如今奖章就在屋里的一个小钟罩里，它的一角被磨过，露出了另一种颜色……"你这个混蛋！"他骂了一句小儿子，仍然闭着眼睛。

门响了一下，小儿子提来一只鸡。老人把它收拾了一下，搓上盐和作料，悬到树上。这是要做成一只"风干鸡"，它可以放到来年暮春。儿子叹了口气。老人说："怎么不出海？"

"给小船堵漏呢。"

"要出快出，半月后把船搁了吧。"

儿子愣愣地问："为什么？"

老人没有吭声。他站起来活动着，弓着腰咳着，费力地说："在家……熬冬。"

"冬天可是采螺的好时候哩。"小儿子奇怪地瞅着父亲的脸。

　　老人再不说话了，坐在树下草墩上，眯着眼睛。雪花无声无息地飘下来。

　　这一次的雪花越落越大，很快积了厚厚的一层。大雪下了三天。人们都呼喊着："好大雪呀！"老人用大扫帚将雪赶出小院，在心里说："这算大雪吗？我经过的那三次大雪，埋掉了三个儿子。"

　　三天的积雪慢慢融化，天气骤冷，小儿子跑来，伏在窗上嚷："爸，怎么还不点上火墙？"老人在熬一锅稀粥，耐心地搅动着，说："还不到时候。"

　　积雪化完了，天还那么冷。打鱼的人全都不出海了，在家里生起了火炉。小儿子忙了一秋，没有拉炭，就抄着衣袖到父亲这儿找取暖的东西。老人没有给他，他哭丧着脸走了。这样又熬过了几十天，天气慢慢转暖了，蓝天上白云飘游。小儿子扛着橹桨走出来，见了父亲说："俺这回不是把冬天过去了？"老人端量了一眼儿子，说："给我回去，待在家里熬冬。"

　　儿子笑出了声音，因为他这会儿看见父亲穿上了自己缝制的生猪皮靴子，小腿那儿还用粗布缠了。

　　老人对儿子后面的几个渔人说："回去，回去。"

　　几个人对视了一下，往回走了。小儿子一个人站立了一会儿，也回家了。

　　老人缓缓地走上海岸。大海还算平静。他眉毛跳动着，遥望着水天相连的地方，又把耳朵侧起来倾听。他好像听到了一件瓷器被缓缓地碾碎，咯吱吱的声音从海底传过来。当他转过脸来的时候，看到有一半海水变了颜色。一线黑云在远处悬着，云与水之间像是闪着紫红色的火苗。海浪一点点加大了，后来卷起一人多高，扑碎在沙岸上，有"昂昂"的回响。头上还是晴天，可空中分明落下雪粉。空气一瞬间凝固了，像无形的冰筒把人裹住。老人转身离去，步子急促。当他站在一个沙丘上回望大海的时候，大海已经没有了。

他知道那是风暴劫走了大海，用它制造冰雪和严寒，然后一股脑儿压向泥土。天地间有多少凶狠的东西！

他跑起来，一口气跑回小院。

小儿子和媳妇站在小院里，见到老人回来了，就放心地往回走。老人说："哪里也不要去了。冬天开头了！"

他点燃了火墙，噜噜火声与风暴的声音搅在了一起。小儿子走到院子里，立刻呆住了。雪花像一群惊慌的蜜蜂在旋动，树枝上那条肥鱼狠劲拍打着树干。天空一片昏暗，小院外的东西什么也看不见。他退回了屋里，"嘭"一声将门关严。

老人从屋角提出一捆鱼，挑出两条油性足的扔进锅里。水滚动着，浓浓的鲜味满屋都是。这种气味使人神情安定下来，小儿子和媳妇笑嘻嘻地围在锅台上。老人用一个勺子将水面的泡沫刮掉，使汤汁变清。两条鱼的红鳍展开来，一瞬间活了，沿着锅边游了两圈。小儿媳妇抓了一把葱姜，喂鱼似的投进水里。老人合上锅盖。

一个个冬天逝去了，新的冬天又来临了。老伴儿在世的那些冬天就在眼前，如今还嗅得着她煮出的鱼汤。几个孩子依次坐在炕沿上，由他捏起雪白的鱼肉给他们一一填到嘴里。天黑了，一家人躺在炕上，二儿子装成会打鼾的人，其他的孩子咻咻地笑。半夜里，老伴儿弓着腰披着衣服，在屋里活动着，添添炕洞里的柴火，给灶上的铁壶灌水。她提起铁壶，用铁条捅火，蹿起的火苗把她的脸映得通红。

小儿子揭开锅盖，舀了几碗鱼汤。

鲜味儿使他媳妇不住声地咳嗽。她捧起碗来，又烫得赶紧放下。她说："爸呀，喝汤……啧啧。"

她又发出了那种声音。老人瞪了儿子一眼，走出了小屋。

天黑了，第一阵风雪平息了。院子里已经积下了半尺厚的雪。老人取了那个推雪板一下下推起来。如果不在夜里将雪清除，那么新的积雪就会掩住屋门。寒气比他记住的任何一个冬天都要严厉，他紧紧咬住了牙关。他知道这不是平常的冬天，一切才刚刚开头，没有错的。

他记得有人说过，冬天总是跟老人过不去；可他却在冬天里失去了三个儿子。三个活蹦乱跳的小子没有了，生他们的那个老人还活着。他还有一个最小的儿子，如今就待在暖烘烘的小屋里。老人刨开院里的草泥堆，取了些煤屑木片回到屋里。小儿子和媳妇歪在炕上睡着了，一溜儿空空的瓷碗摆在一边。

老人伸手到席子下试了热力，然后给炕洞子添了东西。他盯着洞里的火燃起来，然后又取了麻袋里的草屑，厚厚地压在火炭上——这样，永不熄灭的文火将使他们睡得更好。一切做过之后，老人又掩上门走出来，走到院门口。

雪还在落着。茫茫白雪泛出微微的光亮，从脚下铺到遥远的地方。老人的眼睛一动不动地看着雪地，他怀疑这个新的冬天会漫无尽头。"天哪，我已经损失了三个儿子，谁都会说那是三个好儿子。三个小伙子三个行当，他们是石匠、渔人、兵。"

老人像守门人似的，蹲在了小院门口……

1987年9月济南
1988年6月龙口

烟叶

从月亮的位置来看，天是到了午夜了。露水真盛，烟叶上湿淋淋的，像刚落过了一阵小雨。水珠挂在叶子的边缘上，在月色里闪着亮。田野上到处都是"嚓嚓"的声音，不知有多少割烟刀正从烟秸上划过。

　　年喜割着烟，老打哈欠。有一次烟刀削下去，差点儿削了手指，他心里一惊，睡意立刻没了。

　　邻地升起一堆火，颜色很红。他立刻觉得身上冷起来，摸摸棉衣，棉衣已经湿漉漉的了……他迎着那火走了过去。

　　跛子老四就坐在火边上割烟。他原来先将烟棵齐根斩断，再坐下来割烟叶。他的面前就放着一块被烟汁染绿的木垫板，几柄形状不同的烟刀。他的身侧还放了一个录音机、一些杂七杂八的东西。他就像没有看见有人在旁边蹲下来一样。

　　年喜在看他割烟：一个又高又大的烟棵放到垫板上，接着被一只大手按住，另一只手伸下刀来，"哧哧"地割起来。仿佛只用了刀尖，左一拨右一拨，每个烟叶就带着属于它的那截烟骨掉下来了，而且顶叶、中叶和底叶各自分开，所带的烟骨的形状也有所不同。

真好刀法。这简直不是割烟，是熟练的医生解剖一个什么生物。年喜对跛子老四佩服极了。

"四叔，该歇歇了。"年喜两手抄在袖筒里，说。

跛子老四当啷一声摔了刀子，说："歇歇！"

他从火堆里面掏出一个大泥蛋，砸开，露出喷香喷香的肉来。他又找出了一个瓷酒瓶儿，对在嘴上喝一口。他一手将酒瓶递给年喜，一手撕下一条肉来放进嘴里。

"什么肉哩？"年喜喝了酒以后问。

"好酒啊！"跛子老四抹抹嘴巴说。

"什么肉哩？"

跛子老四头也不抬："你就吃罢！"……

喝过几口酒，两个人的脸都红了。跛子老四的话开始多起来。他问年喜烟割了一半没有？年喜说没有。他失望地摇摇头，嘴里发出"嘿嘿"的声音。他说：

"你割烟怎么不在地里生堆火呢？割了手怎么办？"

年喜说："我看好多人也不生火……"

"他们！"跛子老四抬头往远处瞥了一眼，生气地说："你能跟他们学吗？跟他们学能成个好务烟把式吗？一夜一夜坐在地里，没有火，寒气都攻到身上去了；再说这火苗一跳一跳，也是你在烟地里的一个伴儿；想吃什么了，放火里烧烧就是……怎么能不点一堆火?!"

年喜笑了。

刚毕业回村时，年喜就觉得这个拐腿老四有意思。一块儿在海滩上种花生时，他发现对方能趁那条跛腿着地时将花生种扔进坑里，十分省力、十分巧妙……烟田承包后，跛子老四的烟叶又是全村里最好的!……

跛子老四又喝了一口酒，开始抽烟了。他的烟袋很奇特：烟杆儿只有两寸长，烟锅儿也只有大拇指甲大。年喜忍不住问：

"这么小的烟袋锅呀!"

跛子老四磕了烟灰，又重新装上一锅烟。他厚厚的眼皮抬也不抬，说："我还嫌它大哩!"

年喜又撕了一块肉吃。这肉真是香极了。他从心里羡慕起跛子老四晚上的生活来。

跛子老四连吸了五六锅烟，就将小烟斗递过来。

年喜连忙摆手："不会，我不会吸烟，吸了咳嗽……"

跛子老四大失所望地收起烟斗说："年喜你啊，嘿嘿!……你完了。"

"我怎么就完了?"

"种烟人不会吸烟，还不是完了?"

年喜红着脸说："好多人就不会吸的……"

跛子老四生气地蹲起来："我说过一遍了——你能跟他们学吗？跟他们学能成个好种烟把式吗？你不会吸烟，能知道你种的烟叶什么味道么？烟叶到了集市上，你得轮番尝一遍，什么味儿要什么价钱！嘿嘿……"

"味儿能差多少！"

"什么?!"跛子老四气愤地站起来："种烟人不就求个'味儿'吗？差多少？差一丝也别想瞒过我……"

年喜就让他转过身去，然后分别将一个顶叶、中叶和底叶放在火上烘干，揉碎了分开让他尝。他每种只吸两口，就分毫不差地指出：这是顶叶，这是中叶，那是底叶子！

年喜惊讶地看着他。

"别说这个，你就是使了什么肥，也别想瞒我……"这倒有点玄。年喜跑到自己地里取来几片不同的烟叶，烘干了让他吸。他这回眯着眼睛，再三品尝，最后说：

"这份烟叶味儿厚，使了豆饼！那份辣乎，使过大粪！那份平和，大半使了草木灰……对不对？"

年喜拍打着手掌，连连说："绝了！绝了！"

跛子老四摇着头："到底是个'学生'，……这有什么绝的！种烟人就得这样。"

他说完又喝了一口酒，擦着嘴巴说："好酒啊……"

年喜长时间没吱一声。他在想着什么。

跛子老四放下酒瓶，惬意地往火堆跟前凑一凑。停了一会儿，他又回手按了一下录音机。

有个女人在里面唱。是一首近来常常听到的歌，但年喜记不起这叫什么歌了。……他请跛子老四重新按一次。

　　……
　　烟叶丰收了。
　　多么叫人喜欢，
　　我们拣烟叶，
　　不怕劳累加油干，
　　一片片呀拣起挂在小棚间。

"嘿嘿，是唱'烟叶'的！四叔你听……"年喜可听明白了，叫着。

　　我们把晒干的烟叶，
　　一捆捆包扎严，
　　把它送到远方，……

跛子老四笑着说："她要不是唱烟叶，咱还听么？"

年喜笑了。

跛子老四烘着手，又转过去烘着后背。他说："种烟人不易哩。你想想从种到收，在这田里熬了多少夜？割了烟再晒干，一夜一夜都得在这地里守着，不易哩！生一堆火，喝口酒，身上热乎起来，这就不怕湿气了；吃点东西，长一些精神，一些劲头，这半夜才能熬过来。吸烟也是长精神的好办法……"

"录音机也是好东西。"

"好东西！一个人孤孤独独地坐在烟地里，就好听它说唱了。听它唱唱也有好处。又不是今天做了明天不做，不是；这一辈子都得在这烟地里做活了，就是这样！你多想想这是一辈子的事，你就不会马虎了。你就会想想办法，把日子过得有意思些。"

"一辈子"三个字使年喜心里沉重起来。他不由得要去想今后那漫长无边的种烟的日子，那数不清的劳苦和欣喜……他仰望着闪烁的北斗，心头升起一股肃穆的、冷峻的感觉。……

"四叔！……"

年喜叫着，可他也想不起要说些什么。

跛子老四就像没有听见。他欠身去给火堆上加几块木头。坐下来，他把剩下的一点肉吃了，又饮一口酒，惬意地咂着嘴。

年喜盯住了那从肉团上剥下来的泥巴，问："这到底是什么肉呢？"

"刺猬肉……"

年喜感兴趣地咂了咂嘴。他说："我还以为你是从家里带来的什么肉哩，嘿嘿，想不到……"

　　"成夜地坐在外边，该吃点野物。"跛子老四站起来往西望着说："我在河湾上下了'撞网'，堤下坡设了野兔子的拦扣……停一会儿我就去转转，弄着野物就捎回来。"

　　年喜的眼睛一直没有离开过跛子老四。他自语似的说："这些方法，别人都不会……"

　　跛子老四转过身来："我早说过，你能跟他们学吗？跟他们学能成一个好种烟把式吗?!……"

　　年喜点点头，往火堆前凑了凑。

　　　　　　　　　　　　　　　　　　1984 年 11 月